共和国故事

大刀阔斧

——全国城市商业体制改革全面启动

何　森　编写

吉林出版集团股份有限公司

图书在版编目（CIP）数据

大刀阔斧：全国城市商业体制改革全面启动/何森编. —长春：吉林出版集团股份有限公司，2009.12

（共和国故事）

ISBN 978-7-5463-1788-5

Ⅰ. ①大… Ⅱ. ①何… Ⅲ. ①纪实文学－中国－当代 Ⅳ. ①I25

中国版本图书馆 CIP 数据核字（2009）第 236757 号

大刀阔斧——全国城市商业体制改革全面启动

DADAO KUOFU　QUANGUO CHENGSHI SHANGYE TIZHI GAIGE QUANMIAN QIDONG

编写　何森

责任编辑　祖航　黄群

出版发行　吉林出版集团股份有限公司

印刷　三河市嵩川印刷有限公司

版次　2010 年 1 月第 1 版　　2022 年 1 月第 9 次印刷

开本　710mm×1000mm　1/16　　印张　8　字数　69 千

书号　ISBN 978-7-5463-1788-5　　定价　29.80 元

社址　吉林省长春市福祉大路 5788 号

电话　0431－81629968

电子邮箱　tuzi8818@126.com

前　言

自1949年10月1日中华人民共和国成立至今，新中国已走过了60年的风雨历程。历史是一面镜子，我们可以从多视角、多侧面对其进行解读。然而有一点是可以肯定的，那就是，半个多世纪以来，在中国共产党的领导下，中国的政治、经济、军事、外交、文化、教育、科技、社会、民生等领域，都发生了深刻的变化，中国人民站起来了，中华民族已屹立于世界民族之林。

60年是短暂的，但这60年带给中国的却是极不平凡的。60年的神州大地经历了沧桑巨变。从开国大典到60年国庆盛典，从经济战线上的三大战役到经济总量居世界第三位，从对农业、手工业、资本主义工商业的三大改造到社会主义市场经济体制的基本确立，从宜将剩勇追穷寇到建立了强大的国防军，从废除一切不平等条约到独立自主的和平外交政策，从“双百”方针到体制改革后的文化事业欣欣向荣，从扫除文盲到实施科教兴国战略建设新型国家，从翻身解放到实现小康社会，凡此种种，中国人民在每个领域无不留下发展的足迹，写就不朽的诗篇。

60年的时间在历史的长河中可谓沧海一粟。其间究竟发生了些什么，怎样发生的，过程怎样，结果如何，却非人人都清楚知道的。对此，亲身经历者或可鲜活如昨，但对后来者来说却可能只是一个概念，对某段历史的记忆影像或不存在，或是模糊的。基于此，为了让年轻人，特别是青少年永远铭记共和国这段不朽的历史，我们推出了这套《共和国故事》。

《共和国故事》虽为故事，但却与戏说无关，我们不过是想借助通俗、富于感染力的文字记录这段历史。在丛书的谋篇布局上，我们尽量选取各个时代具有代表性或深具普遍意义的若干事件加以叙述，使其能反映共和国发展的全景和脉络。为了使题目的设置不至于因大而空，我们着眼于每一重大历史事件的缘起、过程、结局、时间、地点、人物等，抓住点滴和些许小事，力求通透。

历史是复杂的，事态的发展因素也是多方面的。由于叙述者的视角、文化构成不同，对事件的认知或有不足，但这不会影响我们对整个历史事件的判断和思考，至于它能否清晰地表达出我们编辑这套书的本意，那只能交给读者去评判了。

这套丛书可谓是一部书写红色记忆的读物，它对于了解共和国的历史、中国共产党的英明领导和中国人民的伟大实践都是不可或缺的。同时，这套丛书又是一套普及性读物，既针对重点阅读人群，也适宜在全民中推广。相信它必将在我国开展的全民阅读活动中发挥大的作用，成为装备中小学图书馆、农家书屋、社区书屋、机关及企事业单位职工图书室、连队图书室等的重点选择对象。

编　者

2010 年 1 月

目录

目录

一、大胆探索

●邓小平说："各个经济战线不仅需要进行技术上的重大改革，而且需要进行制度上、组织上的重大改革……"

●胡耀邦指出："商业工作的好坏直接影响工农业生产和人民生活，这个问题在我国经济发展中的重要性已经越来越明显地显示出来。"

●刘毅说："对市场需要的商品，要在'促'字上下功夫，把生产千方百计搞上去。"

中央决定启动商业体制改革

1978年10月，金秋的北京，格外美丽。

11日，人们刚刚度过祖国的29岁华诞，又迎来了全国总工会第九次全国代表大会的隆重召开。

此次会议到会代表1967人，代表全国5000多万会员。同时，此次会议也是全国总工会停止活动几年后举行的第一次代表大会，它的召开标志着全国总工会作为全国工会领导机关，正式恢复了工作。

在此次会议上，邓小平代表中共中央、国务院向大会致辞。

邓小平在此次会议上发出改革的号召，提出要加速现代化建设的步伐。

邓小平说：

> 各个经济战线不仅需要进行技术上的重大改革，而且需要进行制度上、组织上的重大改革……

邓小平在此次讲话中还提到，“我们的企业要实行党委领导下的厂长或经理负责制，要建立强有力的生产指挥系统”，“我们所有的企业必须毫无例外地实行民主管理，使集中领导和民主管理结合起来”。

在此次讲话中，邓小平明确地对经济体制改革进行了重要论述，这对经济体制改革的启动起了重要作用。

1978 年 12 月，党的十一届三中全会的召开是我国经济体制改革的一次伟大转折。从此，我国走上了一条“摸着石头过河”渐进的、可控的改革开放道路，使资源配置方式逐渐从计划经济转向了市场经济。

十一届三中全会后，随着改革事业的发展，我国实际上已经逐步地从计划经济向社会主义市场经济转变。与此同时，中央也开始了对市场经济的支持。

1979 年 3 月，时任国务院副总理的陈云指出，60 年来，无论苏联还是中国的计划工作制度中出现的主要缺点，是只有“有计划按比例”这一条，没有在社会主义制度下还必须有市场调节这一条。

1979 年 11 月 26 日，邓小平会见了美国不列颠百科全书出版公司编委会副主席吉布尼和加拿大麦吉尔大学东亚研究所主任林达光等人。

在会见结束后，林达光突然问邓小平中国对市场经济的看法。

出乎客人预料的是，邓小平的回答是明确的，邓小平说：

说市场经济只存在于资本主义社会，只有资本主义的市场经济，这肯定是不正确的。社会主义为什么不可以搞市场经济?这个不能说是资本主义。我们是计划经济为主，也结合市场经济，但这是社会主义的市场经济。

…………

同样地，学习资本主义国家的某些好东西，包括经营管理方法，也不等于实行资本主义。这是社会主义利用这种方法来发展社会生产力。把这当做方法，不会影响整个社会主义，不会重新回到资本主义。

尽管此次谈话仍然强调了“计划经济为主”，但这是我们党对市场经济较早的、较深刻的论述，这是对传统的社会主义观念的重大突破。

市场经济概念的提出，为我国商业体制改革的展开提供了重要依据。

随着市场经济越来越受重视，对商业领域进行改革的呼声越来越高。

1982 年 9 月 1 日，胡耀邦在中国共产党第十二次全国代表大会上的报告《全面开创社会主义现代化建设的新局面》中指出：

商业工作的好坏直接影响工农业生产和人民生活，这个问题在我国经济发展中的重要性已经越来越明显地显示出来。目前商业网点和设施严重不足，中转环节过多，市场预测薄弱，在经营思想和管理方面都有许多问题需要解决。

我们必须在充分了解情况、认真总结经验的基础上，切实改进商业工作，大力疏通、扩大和增加流通渠道，做到货畅其流，物尽其用，充分发挥商业在促进生产、引导生产、保障供应、繁荣经济中的作用。

就这样，随着我国经济体制改革的启动和市场经济的提出，商业体制的改革也拉开了帷幕。

刘毅对商业改革发表看法

1982年3月，中央决定原商业部、粮食部、供销总社合并组成新的商业部，刘毅被任命为商业部部长、党组书记。

刘毅是一位在商业领域具有多年工作经验的干部，让他担任新组成的商业部部长，可谓是众望所归。

刘毅出生于1930年，15岁就开始了革命生涯。

新中国成立后，刘毅先后在山东省粮食局、山东省财政经济委员会和山东省政府办公厅任职，参与了粮食、棉花的统购统销工作。

1977年6月，刘毅从山东调任中央商业部副部长、党核心组成员。

调任后不久，为了落实党的十一届三中全会精神，刘毅带领商业部调查组深入到四川调查商业改革，从放宽政策搞活流通入手，解决国营商业大包大揽一统天下的僵硬模式，提出了一些搞活流通的方案并进行试点，取得了良好效果。

1982年新的商业部组建时，改革的浪潮刚刚兴起。突破计划经济体制桎梏，打破城乡经济发展壁垒的任务主要集中在流通领域。

在这种情况下，刘毅感到了自己肩上担子的沉重。

当年10月，刘毅主持召开了商业部组建后的第一次全国商业工作会议。

在此次会上，刘毅提出要走出一条具有中国特色的社会主义商业新路子，并坦诚地亮出了刘氏“五看法”。具体就是：

确立和发挥国营商业的主导地位和主导作用；坚持多种经济成分并存的方针；实行多种灵活的经营方式；社会主义统一市场要有多渠道流通；采取开放式、少环节的流通体制。

为了鼓励大家进行改革，刘毅还明确表态，探索对了，功记国家，不求名利回报；探索错了，过记自己，不怕罢官降级。

同时，刘毅在回答记者访问时，进一步提出了自己的商业改革主张。

刘毅说：“对市场需要的商品，要在‘促’字上下功夫，把生产千方百计搞上去；对不适销对路的商品，要在‘导’字上下功夫，引导生产部门及时地进行调整。”

他在谈到这个工作如何实施时说：“这就要求商业部门研究市场的趋势和动态，加强市场预测，提供经济信息，发挥流通对于生产的反馈作用。”

接着，刘毅又谈到了大力疏通流通渠道问题。

刘毅感慨地说："当前农民买难，卖难，这个问题在一些地方太大了。特别是卖难。我们要千方百计地使农民生产的东西脱手。总之，流通问题已经成了农业生产责任制解决后生产发展的大问题。因此，我们既要坚持国营经济在流通领域的主导地位，又一定要坚定不移地建立多成分、多渠道、开放式的商品流通市场，改革农村商业体制以繁荣城乡经济，方便人民生活。"

最后，刘毅提出，要开创商业工作的新局面，必须搞好商业企业以及职工队伍的整顿和建设。

为此，刘毅强调说，要以提高经济效益、提高职工积极性、提高服务质量为中心，分期分批地对商业批发、零售、饮食服务企业进行全面的整顿和改革。要采取有效措施，加强职工的政治思想、文化、业务、技术教育，提高职工的政治、业务素质。

1983 年 4 月，刘毅又在《红旗》杂志上发表文章，专门阐述了建立中国新的商品流通体制的迫切性和可行性。

就这样，在刘毅的主持领导下，在商业部的统一协调指挥下，我国统购统配独家经营的商业流通体制改革，取得了重大的突破和进展。

中央决定改革商品购销体制

1978 年以后，随着十一届三中全会的召开及各地农村责任制的实行，全国各地粮食产量大幅度增加，其他农副产品也连续增产。

在这种情况下，广大农民手里有了余粮。他们迫切希望改变当时的购销体制，实现商品自由流通。

而在当时，商品由政府统一购销，物价由政府“一价定终身”，价格只是个核算符号，不反映供求关系和产品价值，大到家电小到油盐，都需凭票购买。

面对群众对“商品自由流通”的需求，中央及时予以支持。

早在十一届三中全会上原则通过的《农村人民公社工作条例（实行草案）》就曾指出：

> 在完成国家征购任务后，允许社员通过集市，进行少量粮食、油料等买卖。粮食部门也可以议价收购和出售。

虽然中央此次允许的是少量买卖，但它为统销的进一步废除开了一个好头。

在中央给流通领域解冻的情况下，各地也积极开始放开商业市场，让农民来销手里的余粮及其他农副产品。

1978 年年底，广州率先恢复成立第一间国营广州河鲜货栈，引进鲜货进城，随行就市，议价成交，迈开了农副产品放开价格的第一步。

广州放开市场的举措收到了不错的效果，这一年的春节，不仅广州市民可以买到鲜活的塘鱼，而且广州农民也获得了一笔不小的收入。

与广州一样，其他各地接着也进行了对商业的放开措施。

在这种情况下，全国各界对进一步放开“统购统销”的呼声更大了。

1982 年初，国务院发出的《关于实行粮食征购、销售、调拨包干一定三年的通知》，“通知”明确提出：

生产队、组、户在完成征购任务后，有权自行处理多余的粮食。

1983 年 1 月，中共中央发出的《当前农村经济政策的若干问题》，即 1983 年中央一号文件规定：

对农民完成统购派购任务后的产品和非统购派购产品，应当允许多渠道经营。

有了这些政策，农民在完成国家规定的任务后，大量的余粮就可以自行拿到集市上出售。

从此，城镇居民除了购买购销粮外，还可以根据自己的需要，从市场上购买商品粮。

1985 年 1 月 1 日，中共中央、国务院颁发《关于进一步活跃农村经济的十项政策》，决定从当年起，不再向农民下达农产品统购派购任务，按照不同情况，分别实行合同定购和市场收购。

至此，持续 32 年之久的统购统销政策废止。

购销体制的调整和改革，不仅极大地调动了工农、工商的生产、销售积极性，还使工农产品增加，市场供应改善，产销关系密切。

因此，统购统销政策改革后，中国商品领域开始出现生产、流通、消费相互促进，互相选择的态势，这种态势为我国商业体制的改革打开了僵死局面。

国务院疏通商品流通渠道

1982年6月17日，国务院发布了《关于疏通城乡商品流通渠道扩大工业品下乡的决定》，这是商业体制的一项重大改革，它为疏通流通渠道，扩大销售，减少库存积压，创造了有利条件。

国务院在《关于疏通城乡商品流通渠道扩大工业品下乡的决定》中说：

> 改变过去工业品流通按城乡分工的体制为商品分工、城乡通开的新体制；继续发挥基层供销社的作用；继续贯彻执行城乡都需要的工业品优先供应农村，城乡都需要的副食品优先供应城市的原则；积极开拓扩大工业品下乡的新途径；把工业品流通由城乡分工改为商品分工、城乡通开新体制。

“决定”还要求各省、市、自治区人民政府，要责成一位副省长亲自主持，结合本地区情况作出具体规定，要把城乡商品流通渠道疏通好，迎接农村购销旺季的到来。

商业部根据这个要求和党中央、国务院的有关指示，先后召开了几次全国性的工作会议，研究商业体制改革的远景设想，落实近期的改革方案。

就这样，在中央政策的带动下，各地政府及有关部门都开始积极采取措施，促进各地商业的发展。

西北地区历来是一个统一的经济区域，各省之间有着千丝万缕的经济联系。

为了恢复和发展历史上自然形成的这种贸易关系，在西安召开的西北五省区商业协作会议商定，要在商业体制改革中打破省与省之间的界限，逐步做到按照经济区域和历史习惯组织商品流通，进一步把西北地区的商业搞活。

为此，会议提出：

积极创造条件，筹建西安贸易中心。西北五省区接壤的地区，除了统购统销和统配商品外，其他商品一律实行跨区供应，供货单位不论对于本省或外省，都要一视同仁。

在毗邻地区，省与省之间布票互相通用，不再办理兑换手续，待商业部同意后，可以在西北全区实行布票通用。

开展联营业务，举办地方产品专柜或门市部，开展竞争，繁荣市场。

加强商业情报和商业科技交流，定期交换资料，以便沟通情况，搞好市场预测预报，取长补短，共同前进。

同时，这次协作会议还广泛交流了西北商业体制改革方面的经验。此次会议以后，西北地区商业体制改革的步伐明显加快。

在实行承包制较早的安徽滁县地区，也在商业改革中走在了前列。

当时，滁县地区包干到户后，几年来农业生产持续发展。随着生产的发展，商品率有了很大提高，商品经济发展很快。

在这种形势下，原来独渠道、多环节的农村商业体制已不适应，亟须改革。而从滁县地区的情况来看，农民进入流通领域从事商业活动势在必行。

此时，滁县地区积极寻找发展商业的模式，公社搭桥就是一种。

当时，滁县地区的一些农民自动组织起来，收购当地的农副产品，由公社与外地有关单位联系，销售出去。

在滁县地区的嘉山县津里公社，养鸭能手钱国辉、傅家国当年联合 50 户养鸭 3 万多只，除卖活鸭外，还加工板鸭 8000 只。

后来，经公社搭桥，县食品公司与上海食品部门挂钩，8000 只板鸭全部销往上海，每只板鸭比卖活鸭多收入 2 元左右。

与外贸部门挂钩，也是滁县地区发展商业的一个模式。当时，该区农民自动组织起来，加工或生产一些专业性很强、技术要求很高的出口产品，并与外贸部门联系销售。

滁县地区的嘉山县石坝公社街北生产队社员刘传运有祖传加工小磨麻油技术，三中全会以后，他恢复了传统的小磨麻油生产，靠与外贸部门挂钩，成功地将麻油销往港澳等地。

1984 年全年，刘传运加工了 3.5 万多公斤芝麻，仅加工的收入就达 9000 多元。

联户长途搞运销，又是滁县地区人民创收的一个绝招。该区嘉山县柳向公社盛产芦苇。以前，全公社每年共编芦席 4 万多张，但由于交通不方便，供销部门不收购，致使席子卖不出去。

商业放开后，该公社有 5 户社员组织起来将 4 万多张芦席收购起来，运往东北销售，既让自己赚到了钱，又解决了全公社的难题。

贸易货栈是当时滁县地区解决农民卖菜难，城市居民买菜难的一个重要举措。

当时，全区各地由公社干部牵头把农民组织起来，经营代购代销业务。

该区来安县三城公社盛产“三蒜”，即蒜头、蒜薹、青蒜，每年总产量一两万公斤。

面对如此高的产量，当地供销社收购不了，社员在当地卖不掉，而城市又很需要，却买不到。

在这种情况下，该公社由一名退休干部牵头，组织十几户社员，建立贸易货栈，成功地把“三蒜”外销了出去。

商业一向较为发达的江苏省在改革大潮中，也开始了对商业企业的改革。他们的做法是放宽对国营水产供销企业的有关政策，积极扩大流通渠道。

20 世纪 80 年代初的一个秋季，正是雌蟹卵满、雄蟹膏肥，螃蟹上市的旺季，江苏省又获得了一个螃蟹丰收的好年头。

然而，当时却出现了收购部门收不到，国营菜场缺货，集市价格高昂的怪现象。

以 9 月为例，南京市水产供销公司只购到载重 4 吨的汽车一车的货。一个近 200 万人口的大城市，购进这一点点螃蟹，岂不是“杯水车薪”！

由于上一年人工放流的蟹苗多，各地加强对幼蟹的保护，江苏省当年的产量高于往年。但开秤收购一个月来，仅完成收购计划的三分之一强，进入 10 月份以来收购量骤减。例如宝应县当年计划收购5000 担，全县 17 个收购点，开秤半个月仅收购了 20 担。

那么，究竟是什么原因造成螃蟹丰收，而城市菜场供应缺货呢？

经过调查，有关部门发现是被三道绳子捆住了：第一是江苏省有明文规定，水产品不准议购议销；第二是价格不准浮动；第三是许多县供销公司参加了全省统一核算，经济上不能自主。

这三条绳子捆得水产供销部门动弹不得，不论在产区或销区，螃蟹都失去了竞争能力。

为此，江苏省放宽对国营水产供销企业的有关政策，扩大企业自主权，减少环节，使国营商业的流通渠道继续发挥积极作用。

经过省委和各级政府的努力，螃蟹流通渠道通畅了，农民的螃蟹卖出去了，市民吃到螃蟹了。

就这样，流通体制的改革使各方都获得了好处。

商业部门开展城乡商品互流活动

1982年6月17日，国务院颁布了《关于扩大工业品下乡的决定》。

国务院作出的这一决定，是繁荣城乡市场的重要决策。为此，全国各地的商业部门积极组织各级批发、零售企业，运用多种形式，开展一场城乡商品互流的活动。

这种商品互流活动开展后，阻碍商业发展的最大障碍就是货源问题。当时，由于各种原因，很多从事商业经营的人都没有地方批发商品。

因此，加快商业体制改革，促进商业的发展、批发业的振兴非常重要。

在这种情况下，全国很多地方都开始悄悄放开对批发行业的“紧箍咒”，想办法促进批发业的发展。辽宁抚顺就是一个例子。

党的十一届三中全会以后，抚顺地区农村商业网点增加了90%，其中集体和个体网点占的比例很大。

为适应这一新形势，抚顺地区有关部门组织市百货公司与石文供销社，办起了一个批零兼营的联合企业，使工业品的批发网点下伸到了农村。

这样做的好处是非常明显的，它适应了发展农村商业的需要。当时，抚顺地区农村商业有了很大发展，但网点不足仍是一个突出问题。

抚顺地区的新宾县，方圆 4378 平方公里，315 个生产大队，约 360 个自然屯，就有 148 个生产大队或自然屯没有商业网点。

改革伊始，抚顺地区政府认识到，农村商业、特别是农村集体商业必须来个大发展，同时也应适当发展一部分农村个体商户。

然而，因为当时抚顺地区的农村集体和个体商户多是小本经营，资金少，人不多，缺运力，只能短途进货，勤进快销。

在这种情况下，如果批发不下伸，全区各地的农村商业就很难发展。

石文联营批发部建立后，该地集体商户很快就由 5 户增至 24 户，个体商户原来没有，一下子发展到 70 多户，一些多年没有商业网点的屯子都有了小卖店。就这样，农村的商业也开始活跃了起来。

同时，抚顺石文联营批发部的建立，还扩大了抚顺地区的工业品市场。

当时，后安和石文两个供销社的百货门市部，批发下伸前都只经营 1600 种商品。

批发下伸后，它们经营的范围增加了，经营品种分别达到 2200 个和 2300 个。

这样一来，原来在城市难销的商品，拿到农村就销掉了一些。这说明，批发下伸不仅有利于工业品下乡，满足农村需要，而且也有利于货畅其流，变呆物为活物，支持了工业生产的发展。

于是，尝到好处的后安和石文两个供销社，在以后的工作中，更加支持批发行业向农村进军。

和辽宁抚顺的百货公司与供销社联营向农村网点批发商品相比，山东各地的做法则更进了一步。

在山东，为了方便队办商店进货，扩大工业品下乡，山东省牟平区商业局在偏僻山区水道公社设立了一个综合批发部，服务的主要对象是队办商店。

批发部从 1982 年 2 月 15 日开业后的几个月间，销货 60 万元，经营品种 1000 个，深受社员群众的欢迎。

原来，1981 年以来，在国家改革春风的号召下，牟平区社队商店迅速发展，到当年 5 月底，全县社队商店已达到 503 处。

而当时该县不少社队商店到县城批发公司进货，往返一次 100 多公里，既不方便，又增加了运费开支。

针对这种情况，牟平区商业局在离县城 30 多公里远的水道公社设立百货、纺织、五交化、副食品综合批发部，使 3 个远离县城的公社商店就近进货。

这个批发部经营品种齐全，服务热情，批发起点低，社队商店随来随进。

很快，该县就有 64 个队办商店来此进货，节省了人力、物力，降低了费用开支。

和山东一样，山西各地也在把批发部开到农村，支持农业发展。

1983年初，在山西阳泉北郊河底镇，新开设了一个河底国合联营批发部，专门为偏僻山区的基层社、分销店、知青点和个体商贩服务。

开张3个月内，该批发部就向70多家零售店和个体商贩批发商品90万元，实现利润2.5万多元。

河底原来是阳泉北郊的古老集镇，历来是物资集散地。但是，过去河底周围的东村、燕龛等边缘山区供销社，到阳泉市里进一次货，得跑二三十公里地。把货进齐全，要跑21个批发部和仓库。

这样一来，等到把商品统一运回，分到分销店，摆上货架，最少得10天时间。

这种按行政区划搞商品批发的体制，人为地堵塞了流通渠道。

为了扭转这种被动局面，当地百货纺织、糖业烟酒、五交化3个批发站与河底供销社开办了联营批发部，国营商业出资金，供销社出人，利润三七分。

河底联营批发部一成立，就约法三章：

一没有批发起点约束，花色规格任意挑选；二不受营业时间限制，啥时进货啥时接待；三扶持小社小店，先进货后结算。

河底国合联营批发部由于是按经济区建立的，给基层社、分销店带来了生机。

过去经济效益不佳的燕毚供销社也打开了新局面，库存由 17 万元下降到 14 万元，提前 40 天完成了 1983 年的销售任务。

盂县清城一个个体商贩，三天两头骑上自行车来批发部进货，每次都在百元左右，他逢人就说：“联营批发部给俺打开了方便门。”

在城市工业批发业务走进农村，支持农业商业发展的同时，农村的农产品也开始走进城市，农产品的批发市场随之而生。

安徽南陵县 1978 年市场开放后，集市贸易日趋活跃，主要农产品粮、棉、油在完成国家统购派购任务后，允许进入市场。

1982 年 4 月成立百货批发部，经营搪瓷、铝制品、钟表、缝纫机、鞋、保温瓶、文化用品等 2700 余种。

大米、花草籽、山芋粉、荸荠、蜂蜜、药材、竹、木、柴、炭等农副产品远销苏、浙、川、湘和东北各地。

1983 年前后，在商业体制改革之中，广东省广州市工商行政管理部门，在广州近郊建立了 6 个各具特色的农副产品批发市场，方便了群众，活跃了物资交流，受到群众欢迎。

位于珠江畔的芳村水上塘鱼市场和水上水果市场，是广州历史上形成的水上交易所。然而，由于以前特殊的商业体制，致使这两个具有多年历史的市场沉寂了。

进入20世纪80年代，随着我国商业体制改革的开始，这两个水上市场在沉寂多年之后，又逐渐恢复了。

开始时市场秩序较乱，有些治安和市场管理人员想把它们关闭。市工商行政管理部门经过调查后认为，随着农村商品生产的发展，必然出现城乡农副产品多种交换形式。为此，市场的工商行政部门认为应当给以大力扶持，加强管理，做到有管有活。

1982年，工商行政部门在芳村成立了由工商所、派出所、港务监督等单位组成的水上市场管理小组，划出水上交易地段，定出管理制度，秩序很快好了起来。

到第二年，这两个市场买卖兴隆，购销两旺，全市各地的小贩都来此批发水产品，平均每天上市的活塘鱼有几千斤，水果过万斤。

像这两个产品批发市场那样，在当时的广州，还出现了很多其他农副产品批发市场，三元里家禽市场就是其中一家。

在三元里家禽市场，每天只见有成百上千个用自行车、摩托车、三轮车、板车，以及肩挑手提的商贩，把家禽运到这里，既批发又零售，成为广州市一个主要的家禽集散地。

就这样，大批分散在农村各地的鸡、鹅、鸭直接进入广州，由于家禽的货源扩大又减少了环节，市场价格逐步做到稳中有降。

随着各类农副产品批发市场的兴旺，广州的小贩们终于不用为货源发愁，而市民终于可以吃到可心的农产品了。

当时，像广州这样由农民和个体户进城搞农产品批发的还有很多。

在南京，每日深夜，一辆又一辆驮着活鸡、活鸭的自行车驶过南京长江大桥，汇集到长江南岸的建宁路一侧，这里的家禽批发夜市很快便热闹起来。

这个市场是当时南京市几个农副产品批发集市当中的一个，它的成立还有一个过程。

原来，从 1982 年下半年开始，从苏北盐城、淮阴、南通等地区，运活家禽等农副产品到南京销售的个体贩运户越来越多。当时，这些个体贩运户都希望南京能有个专营批发的“中转站”，以方便他们把到手的货物顺利批发出去。

南京市工商行政管理部门为适应这一需要，于 1982 年 7 月以后，陆续在长江大桥脚下的建宁路、水西门和下关车站办起了经营家禽、蔬菜和水果为主的农副产品批发市场。

在批发市场，当地的个体销售户和长途贩运专业户自由接头，商定批发价格，然后由工商行政管理人员过秤成交。

就这样，许多长途贩运专业户在到南京的当天就可以把贩运的农副产品整批售完，既节省了时间，又减少了损耗。

正是有了各种形式批发模式的兴起，国务院提出的商品城乡互流才在一定程度上实现了。它的实现，既方便了城乡人民的生活，更促进了城乡商业的进一步发展。

商业体制改革初见成效

20世纪80年代初，国有商业企业是整个国有企业的一个重要组成部分，更是商业领域的“霸主”，几乎占据了整个中国的商业领域。

在当时，国有商业企业同其他国有企业一样是各级行政的附属物，企业吃国家、职工吃企业，“大锅饭”已经成为商业企业久病的病症所在，严重阻碍了企业、职工生产积极性的发挥。

针对上述问题，中共中央、国务院决定对国有商业企业实行调整和改革。其举措是：实行扩权让利，扩大企业自主权。

1981年，国有商业企业推出经营责任制。

根据不同商业企业，采取多种形式的经营责任制。如实行利润留成，超额分成和折账制分配制度等。

到1983年，全国商业企业实行经营承包责任制的门点达到10.3万个，占全部门点的56.6%。

对国有大中型商业企业实行经营责任制的同时，国家还对集体商业企业进行了调整和改革，恢复供销合作社的性质及其地位、任务、作用；改变经营方式、扩大企业自主权，推行多种形式的经营责任制等。

通过对国有、集体商业企业的改革，使“两权”开始分离，企业活力有所增强，企业和职工的两个积极性有所发挥。

天津市蔬菜总公司就是此次商业企业改革的一个成功案例。

1980 年 9 月，原天津市蔬菜总公司副经理张士珍，就零售商业的贪污问题给国务院副总理姚依林同志写信，讲了自己的看法。

很快，姚依林就给张士珍回了信，姚依林在信中指出，要通过研究商业体制改革办法，从根本上解决商业企业的分权问题。

收到姚依林的信后，天津市领导很重视，由市区结合，进行三种办法的试点：一是由上缴利税改为交税；二是搞收支包干；三是搞超额利润提成。

在天津市领导的推动下，天津市蔬菜总公司进行了改革试点工作。

很快，天津市蔬菜总公司的改革就取得了成效，它调动了职工搞好经营管理的积极性，改善了服务态度，增加了收入。同时，职工中互相监督，使贪污浪费的情况也有很大好转。

在推动国有、集体商业企业发展的同时，允许个体经济进入商业领域，是这个时期商业改革的一个重要成就。

在各类商业企业的带动下，各地的商业开始繁荣起来。曾经无比繁华的上海，在沉寂了多少年以后，在改革的春风里，又让人依稀看到了当年“大上海”的影子。

20世纪80年代初的上海，传统的“生意经”搬了出来，一项项服务项目恢复起来。

这些“生意经”的恢复，一改过去供销社“脸难看”的局面，给上海的商业带来了繁荣。

“上门服务”率先恢复。如洗染店上门收送衣服，中药店代客煎药送药，菜场营业员给孤老、病残顾客送菜，理发员到床前给病人理发，五金店上门修锁、开锁，玻璃店下里弄配装门窗玻璃等。

“拆整卖零”，花样繁多。“生意经”恢复后，上海市场上，有零卖、零剪、零拷和零配。袜子、手套可以配一只，缝衣针、纽扣可以买一枚。在有的油盐店，花一分钱可以买到一小包咖喱粉或者胡椒粉、五香粉、鲜辣粉。

“一卖多带”，越带越多。绒线店代打毛衣，医药店代量体温、血压，陶瓷店代客在瓷杯、瓷碗上烫金、凿字，煤炭店帮助居民修理煤炉。

在“生意经”恢复的同时，上海的很多行业都开始活跃起来，与老百姓紧密相关的水果行业就是一个例子。

在当时，为了使水果保质保鲜、快进快出，上海果品杂货公司在加强计划采购供应的同时，又在传统的水果集散地十六铺设立了一个交易市场，在市区交通方便的地段又设了5个代理分行。

在这种情况下，一批水果店、待业青年开的商店和几百个个体有证摊贩，被批准进场，销售水果。

这些小商贩可以向直接携货来上海的果农、商贩采购水果。每到入冬，橘、柑、橙、柚等水果源源不断地涌到上海，交易市场的橘柑价格一度跌到国营牌价之下。

在商业繁荣起来后，上海的夜市也开始活跃了起来。

当时，在夜市的带动下，上海全市12个区有70多家日夜服务商店，还有一批早晚服务商店。

而闹市区的淮海中路在开放周末夜市的基础上，有88家商店天天晚上营业到20时，而且行业配套，吃、穿、用齐全，顾客购买方便。

在上海商业不断发展的过程中，随着职工收入水平的提高，各类商品，尤其是高档商品开始畅销起来。

有些商品如服装，款式流行快，淘汰也快。1981年冬年轻人爱穿滑雪衫，1982年却是羊皮、麂皮和仿皮的猎装、夹克衫风行了。

在商业日益发达起来后，上海的商业从业人员还开始了提高业务能力的学习。

例如，家用电器闯入人们生活领域后，家电销售火爆了起来，这就要求营业员懂得商品性能、使用方法，还要会操作示范，以指导消费。

面对新情况，新歌电视机商店的营业员经过训练，不仅熟悉各种牌号、规格的电视机，而且会拆会装。

顾客上门先到试看室，营业员边讲边帮挑选，并附赠简明易懂的说明书。

在买去的电视机发生故障后，新歌电视机商店的人员还可以上门免费维修。

由于服务到家，信誉好，不少顾客慕名来到新歌电视机商店购物。

商业从业人员素质的提高，推动了中国商业从传统的简单“卖产品”向“卖产品、卖服务”转变。

20 世纪 80 年代，中国的商业领域在初步解禁的情况下，获得了重大发展，进一步激发了中国商业体制改革向更高的层次迈进。

二、不断深化

●杨天受先开话题："古往今来下面馆，交了钱就可吃面。可是，现在有的面馆吃面条还要经过'批准'呢！"

●田纪云在全国商业厅局长会议和全国供销社主任会议上，对商业体制改革提出了如下要求：国营大中型企业要积极探索将企业所有权和经营权分离的具体形式。

●张继斌反复强调说："股份制就是自己努力挣饭吃，不靠国家给饭吃。不是'铁饭碗'，而是'泥饭碗'。"

中央提出有计划的商品经济方针

1984年5月26日，第六届全国人民代表大会在举国关注下召开了。

在会上，各位代表纷纷谈到商业改革的问题。

当时年过八旬的天津代表杨天受先开话题："古往今来下面馆，交了钱就可吃面。可是，现在有的面馆吃面条还要经过'批准'呢！"

"这事我碰见过。"原城乡建设环境保护部副部长戴念慈说道，然后他讲了一段在广东出差时的见闻：

有一次我下馆子，和我同去的老马急于赶火车，掏出车票为证，苦苦哀求服务员先给碗面条吃。

临近开车时才得到回话："老马，你要的面批下来了。"

老马犯难了：不吃吧，白排半天队；吃吧，耽误赶路……

戴念慈的话语惊四座。

北京、上海的代表也在议论：多少年来，人们吃的、喝的、穿的、用的，许多东西都要经过几级批发站，层层批条子。只此一家，别无分号，爱要不要，就这一堆。

奇闻不奇，弊病出在商业体制上，不改不行了！

在这种情况下，党中央应民众之需，继续展开了对商业体制的进一步改革。

1984 年 10 月 20 日，中国共产党第十二届三中全会在北京举行。

出席这次全会的中央委员会委员和候补委员 321 人。中央顾问委员会委员，中央纪律检查委员会委员，以及地方、中央各有关方面的主要负责同志共 297 人，列席了会议。

会议由中央政治局常委胡耀邦、邓小平、李先念、陈云等同志主持。

全会分析了我国当前的经济和政治形势，总结了我国社会主义建设正反两方面的经验。

接着，全会一致通过了《中共中央关于经济体制改革的决定》。“决定”阐明了加快以城市为重点的整个经济体制改革的必要性、紧迫性，规定了改革的方向、性质、任务和各项基本方针政策，是指导我国经济体制改革的纲领性文件。

“决定”认为：

> 改革计划体制，首先要突破把计划经济同商品经济对立起来的传统观念，明确认识社会主义计划经济必须自觉依据和运用价值规律，

是在公有制基础上的有计划的商品经济。商品经济的充分发展，是社会经济发展的不可逾越的阶段，是实现我国经济现代化的必要条件。只有充分发展商品经济，才能把经济真正搞活，促使各个企业提高效率，灵活经营，灵敏地适应复杂多变的社会需求……

邓小平对这个决定评价很高，他高兴地说："这次经济体制改革的文件好，就是解释了什么是社会主义，有些是我们老祖宗没有说过的话，有些新话。"

作为全面指导改革的纲领性文件，"决定"提出了"社会主义有计划的商品经济"这一新概念。

在此以后，从1985年至1991年末，是我国有计划的商品经济时期。

在这一历史时期内，以城市为重点的经济体制改革全面展开，商业体制改革在前一阶段取得伟大成果的基础上继续深化。

打破地区封锁建立新模式

1985 年前后，随着商业体制改革的深入，一个影响商业改革全面深入的问题逐渐显露出来，那就是商品的地区封锁。

当时，在全国的一些地方，为了保护本地企业，或者因为其他原因，不让外地的商品进入本地或者不让本地的一些商品向外调运的现象很普遍。

商品的地区封锁既不利于人民的生活，更不利于商业体制改革的深入。因此，打破封锁，实现商品自由流动已经是势在必行。

在这种情况下，全国各地出现了各种商业经营模式，以打破商品的地区封锁。

1986 年，河北省唐山市供销社系统打破条块分割和地区封锁，发展城乡和地区间的横向经济联合，收到了较好的经济效益和社会效益。

当时，唐山市供销社系统采取的主要形式是购销联营，即产区和销区利益均沾，风险共担，利润分成。

如市副食品公司与新疆联营经销西瓜，实现购销联营后，西瓜的地区封锁被打破了。同时，损耗比联营前降低 19%，费用率降低 19.2%，一下子，市副食品公司盈利 4 万多元。

合资经营也是唐山市供销社系统打破地区封锁的一个模式。当时，唐山市供销社系统的一些企业，在原料产地或销售加工地，与有关单位联合搞合资经营。

如丰润县供销社和北京崇文门烧鸡店联营，合建京润土副产品批零商店，促进了崇文门烧鸡在两地的自由流动。

唐山市供销社系统在打破地区封锁中，还注重利用建立长期的稳固的进货、供货关系。

当时，唐山市玉田县供销社几年来与20多个省、市、区的100多个单位建立了进货、供货关系：他们与北京菜蔬公司签订了为期5年的大白菜供货协议；该县亮甲店供销社还和北京和平门副食品商场签订长期肉、禽、蛋供货合同，北京方面则拿出2万元帮助他们建冷库。

建立了进货、供货关系，产品的地区封锁被打破了，企业的利润也上升了。1986年，玉田县供销社农副产品外销额达4000多万元，获利120万元。

和工厂联合，直接购进日用工业品，供应工业原料。这样可以减少工业品流通环节，更加有效地打破地区封锁，降低商品流通费用。

唐山滦南县供销社和天津、辽宁、浙江等地的一些企业在本县建立了联营批发站。

一些供销社还和一些生产厂家建立了固定供料关系。

有了这种固定的关系，产品不愁进到，原料不愁卖掉，地区封锁给商业带来的阻碍被降到了最小，这给唐山滦南县供销社带来了巨大的好处。

在改革之初，农产品的紧缺还是很严重的，因此，联合广大农民走专业合作生产的道路，也是唐山供销系统实行打破地区封锁的一个模式。

在当时，唐山滦南县供销社联合当地400多个养貂专业户，建立了水貂生产专业合作社。

专业合作社为社员提供产前、产中、产后系列服务，解决了不少一家一户难以克服的困难。

而合作社则获得了第一时间买到产品的好处，可谓是双赢。

和唐山的各种经营模式比，走横向经济联合无疑是一个更为普遍的模式。

1986年3月，在国务院的推动下，全国各地横向经济联合迈出了新的步伐。

一时间，打破部门分割、地区封锁，促进改革深化，各种形式的经济联合体相继涌现，横向经济联合范围扩大，初步形成了以中心城市为依托的经济网络，横向经济联合已成为各地区国民经济发展的重要因素。

据统计，仅1986年各地区、部门、企业之间达成的经济技术协作项目就有5万多个，物资协作金额达260多亿元，融通资金200多亿元，有力地促进了各地区国民经济的发展。

同时，不同层次、形式多样的企业之间的联合体大量涌现。经工商行政管理部门核准注册登记的各种生产经营型经济联合体约有3.2万多个，商业、饮食业、服务业的经济联合组织达5700多个。

通过横向经济联合的发展，组织企业之间的联合体，可以打破条块分割，在更大范围内进行专业化协作生产，推动企业组织结构优化和企业改革的深化。

地区间的横向经济联合体，还可以解决一些长期以来未能解决的问题，实现产品的自由流动。

各地放开市场搞活流通环节

1984 年以后，随着商业改革的进一步深入，关于商业的放开已经成了大趋势。

以前，在计划经济时期，商业的从业人员都是让人羡慕的职业，当营业员是很多人梦寐以求的工作。

实施改革后，一些胆大的个人开始偷偷做起了小买卖，虽然赚到了一点钱，但他们的地位一直不高，而且经常遭到许多部门的打击。

随着改革的进一步深入，各地在中央的号召下开始采取各种措施，放开商业市场。

在山城重庆，打破封锁搞活流通环节，经历了一个从敞开城门、搞活流通，到国营零售商业实行经营、价格、用工、分配“四放开”试点的过程。

1984 年，针对当时流通环节是国营商业一统天下，渠道不通，网点不足，人民群众衣、食、住、行、买难等问题，重庆市委、市政府从疏通商品流通渠道入手，发展多种商业经济形式。

当时，重庆市首先放宽对集体和个体户申请登记营业的范围。

1984 年，重庆市政府下达《关于城乡个体工商业管理办法规定》，新“规定”提出，“停薪留职”的机关、企事业职工均可从事个体经营。

为了提高工商部门为个体户办事的效率，“规定”提出，工商部门核发执照的时间不能超过20天。

同时，“规定”还提出，农村个体商贩可进城设店经营。这样，重庆市就改变了长期以来对集体和个体控制很严的状况，允许新开业的集体和个体户，从事工业品、城乡贩运、饮食服务、修理等经营活动。

经营的方式也是灵活的，可以单个经营，也可以合伙经营，可以零售，也可以经营批发，还可以零售批发兼营。

长期以来，和其他地方一样，重庆日用工业品的流通基本上是由国营商业统购包销。

在这种体制下，计划商品逐级分配，按一、二、三级批发和零售的层次调拨，固定供应区划，固定供应对象，固定倒扣作价方法。

这种统购包销方式既限制了人民的购买，也不利于商品的自由流动。

1984年下半年，重庆市进一步放开工商关系，工商企业之间的购销关系由过去的“统购、计划收购、订购、选购”，创造性地调整为：商业选购、工厂自销、提倡联合，发挥国营商业主渠道作用。

从此，重庆市的工业纷纷建立自销机构，以后逐步发展，除少数计划分配商品外，大部分商品都打破了按照一、二、三级批发层次供货的格局。

建立贸易市场，也是重庆搞活商品市场的一个重要举措。

从1984年初重庆建立工业品贸易中心，到1984年底，全市共兴办各种贸易中心111家，其中工业品贸易中心25家，农副产品贸易中心75家，生产资料贸易中心11家。

贸易中心放开购销，“地不分南北、人不分公私，谁都可以来买，谁都可以来卖”。

同时，重庆的贸易市场还实行批量作价、协商作价，并为交易中心提供必要的服务。

为了进一步理顺价格，放开经营，扩大市场调节，1985年初，重庆市政府还决定，放宽农副产品购销政策，对牛、羊、禽、蛋、水产品、干鲜水果全部放开经营。

同时，重庆还进一步扩大了粮、油、菜、猪的市场调节比重，由市场经营的粮油量相当于计划内经营量的四分之一。

接着，重庆市按照1985年中共中央、国务院一号文件精神，改革了农副产品统购派购制度，除少数品种外，国家不再向农民下达农副产品统派购任务。

粮食、棉花、油脂油料取消统购，改为合同定购，定购以外的粮棉油允许农民上市自销；生猪、蔬菜取消派购，自由交易。取消统派购以后，农产品不再受原来经营分工的限制，实行多渠道流通。

在放开农副产品购销的同时，重庆市还注重有步骤地放开农副产品价格，逐步理顺过去长期存在的价格与价值背离，价格不反映供求关系，解决部分主要商品购销倒挂、经营越多亏损越大的不正常状态。

在全国要求对商业企业进行改革的情况下，重庆全市首先于1984年8月，在市中区5个饮食自然门点开展租赁经营。

到年底，全区有149个自然网点实行集体经营和租赁经营。紧接着，重庆又在全市推开市中区搞活小企业的经验。

到1986年，全市划小放开的小企业已经有1204个，占重庆市小企业总数的73%。

在重庆市推动商业体制改革过程中，最为著名的就是“四放开”，即经营放开、价格放开、用工放开、分配放开。

商业企业“四放开”改革，不仅是重庆市商业流通领域改革一次新的突破和深化，而且它对全国商业流通领域的改革，都具有较大的引导和指导意义，可以说是重庆商业流通体制改革的一个重大举措。而“四放开”的提出还有一个过程。

改革之初，重庆商业遇到市场疲软、效益下降。出现这个状况的原因，一方面是宏观紧缩带来的影响，另一方面是微观不活出现的问题。

在这种情况下，重庆商业流通主管部门思考如何解决这个问题，当时酝酿的思路，一是调整结构，二是搞活分配，特别是研究了东欧剧变、苏联解体的原因后，对搞活分配更加注意。

在这个时候，重庆巴县汇报了青木关供销社经营、价格、分配“三放开”试点情况。

对此，重庆商业流通主管部门觉得青木关供销社这个尝试很有意义。

接着，重庆商业流通主管部门就专门组织人员，到沿海特区去考察。

通过考察，对如何发展重庆经济，重庆商业流通主管部门提出了 8 条建议，其中之一就是在商业零售企业进行“四放开”试点。

1991 年 1 月，在全市财贸工作会上，有关部门正式提出在商业零售企业试行“四放开”。

“四放开”改革意见提出后，市委、市政府、市人大十分重视，并得到市级各部门和区县的赞同。

在这种情况下，市财办下发了“四放开”的文件，选了“四放开”试点单位，开始了试点。

在试点过程中，中国商业部召开全国商业工作会议。在此次会上，国务院副总理田纪云和商业部领导了解了重庆“四放开”试点的情况。

当时，田纪云对重庆的“四放开”很感兴趣，并立即给予了肯定和支持。

在中央的支持下，《内参》15 期介绍了重庆“四放开”的情况。

同时，中国商业部还专门派了一个司长带队来重庆考察，并在重庆召开了“四放开”工作经验交流会，田纪云亲自到会作了重要讲话。

由此，“四放开”经验推向全国。在重庆“四放开”的带动下，全国各地都采取了给商业解禁的举措，这些举措包括解除对从业人员的限制、对经营方式的限制、对购货渠道的限制等。

随着各地对商业发展的放开，各地商业开始呈现蓬勃发展的态势。

各地积极改革批发体制

1984 年 7 月 14 日，国务院批转发出商业部《关于当前城市商业体制改革若干问题的报告》。

“报告”就城市商业体制改革提出了六个方面的内容和要求，其中第三条明确指出：

> 建立城市贸易中心，逐步形成开放式、多渠道、少环节的批发体制。

在此前后，各地积极对贸易中心进行了整顿，对批发体制进行了改革。

1984 年 1 月，重庆工业品贸易中心成立了，当时的中央领导前往视察时给予了很高的评价，认为工业品贸易中心的成立，是流通领域的一项重大改革。

然而，在当时，重庆市国营商业批发机构的一些同志，由于长期习惯于分配式的批发，不是全力以赴地支持贸易中心这个新生事物，而是认为贸易中心抢了他们的生意。

在日常工作中，国营商业批发机构的工作人员，从本部门的利益出发，在货源上“卡”贸易中心，不给贸易中心紧俏商品，不许贸易中心直接向工厂和外省进货，甚至以拒绝收购产品进行威胁，不准工厂卖产品给贸易中心。

有的国营商业批发公司对贸易中心封锁商品信息，并且在人力和仓库、运输工具上，为贸易中心制造各种困难。

凡此种种，严重影响了工业品贸易中心疏通商品流通渠道的尝试，以致贸易中心生意日渐冷清，不能发挥应有的作用。

1984 年 6 月，重庆市负责人响应国家整顿贸易中心的号召，开始对重庆工业品贸易中心的问题进行调查。

在听取关于重庆工业品贸易中心情况的汇报后，重庆市领导决定，把国营商业的百货、纺织、针织、五金、交电、化工 6 个批发公司和商业储运公司并入重庆工业品贸易中心，成为贸易中心的专业商品部。

这种直接把国营批发中心并入贸易中心的做法，是我国商业体制改革中的一大突破。

批发中心并入贸易中心后，除了少部分名牌产品仍然按计划实行分配供应外，其余商品全部按贸易中心的经营原则，货不分南北，人不分公私，产销双方都可以进贸易中心从事交易。

这样一来，重庆工业品贸易中心的难题被解决了，他们很快走出了生意冷清的局面，当年就实现了巨额盈利。

和重庆一样，当时全国各地的批发市场都开始活跃起来。

1984年，首都北京开办第一家日用工业品批发市场，本市或外埠国营、集体商业和有执照商贩，都可以从这里进货，这在当时引起了极大的轰动。

过去，由于商业批发机构设置不尽合理，不利于扩大商品流通。作为主营公司下属的二级批发站只与城近郊区的商业部门对口。

而远郊县的商业公司、三级批发站只能到专点进货，在主营公司批发部很难排上号。至于小本经营的个体商贩，就更难从这里直接进货了。

为了活跃市场经济，市一商局对商品流通的批发环节进行大胆改革，经市政府批准，开办了日用工业品批发市场，实行独立核算，自负盈亏。

这个市场采取进销合一和综合经营的服务方式，供应对象面向全国。

这样一来，好处颇多，首先是经营面广。这个市场在认真执行政策的前提下，多渠道组织货源，经营本系统几家主营公司的产品，并代销工业部门和外埠商业、外贸等部门的商品。当时，这个市场经营针棉织品、百货、鞋帽、钟表眼镜、文化用品共5大类，上万种商品。

由于市场办得活，开业仅几个月，这个批发市场就同200多个商业部门建立了业务联系，几百个小商贩也经常到这里采办商品。

在批发市场放开后，各地农民也走进城市，搞起了批发业。

在工业大市辽宁沈阳，1984 年，该市蔬菜供销放开以后，沈阳市郊区一些菜农采取进城自办或联办批发市场，同国营菜店联合经营，与工矿企业等大伙食单位挂钩供应等新形式经营蔬菜，解除了部分菜农的卖菜之忧，也解决了城市居民的“买菜难”问题。

当时的情况是，沈阳市郊菜地当年大多承包给了一些蔬菜专业户。菜地承包后，这些专业户干劲十足，当年就获得了大丰收。

然而，这些专业户一心只想集中精力搞好蔬菜的商品生产，却不愿分心进城摆摊卖菜，而国营商业部门又不再对蔬菜实行统购包销，因而部分菜农常为卖菜困难而发愁。

此时，沈阳市政府及有关部门就鼓励菜农大胆尝试，探索自营蔬菜的新途径。

就这样，在有关部门的帮助下，沈阳的菜农创造了一些经营蔬菜的新形式，即自办或农商联办蔬菜批发市场。

当时，沈阳市东陵乡八家子村的菜农首先办起第一个蔬菜购销服务站，除经营批发自产的蔬菜外，还为其他菜农代办批发，只收取少量管理费。

接着，皇姑区和东陵区的一些菜农则分别与国营蔬菜部门联合办起了两个蔬菜批发市场，由菜农提供蔬菜，国营商店批发经营，利润按商定的比例分成。

在开办批发市场搞批发的同时，沈阳农民还与厂矿、机关及饭店等大伙食单位挂钩供应蔬菜，直接把农产品批给他们。

当时，前进乡和于洪乡的菜农，同制药厂、电缆厂、重型机械厂等单位挂了钩，由菜农按时按需供应蔬菜，价格略低于农贸市场。

农民这种自办批发市场的举措，收到了很好的效果。这种新的经营蔬菜形式，可以使菜农不必为卖菜担心，商店不再为无菜卖发愁，厂矿伙食单位也不再忧虑无菜下锅。

当然，无论是自办联办，还是产销联营或挂钩，都拓宽了流通渠道，减少了经营层次和环节，减少了费用、降低了损耗，价格也就相对低些，菜农、商店和消费者都较满意。

农产品批发市场的诸多好处，使它在一出现就受到了各地的欢迎，一时间，全国各地农产品批发市场活跃了起来。

1986 年，《人民日报》记者魏亚玲在报纸上发表了一篇《农产品批发市场日益兴旺》的文章，魏亚玲在文中这样写道：

> 农产品批发市场是随着农村商品经济的迅速发展而出现的一种新事物。近两年来发展很快，截至去年底，全国已有近 2000 个农产品批

发市场，据有关方面预测，到2000年这种市场将增加到6000多个，成为农村商品流通的主干渠道。

农产品批发市场的特点是批量大、流速快。如北京市北太平庄的农产品批发市场，年成交批量为1.8万多吨，成交额为490多万元。安徽省芜湖市的粮食批发市场建立之前，所属4个县每年都有5万吨左右的粮食难以卖出去，1984年7月农产品批发市场建立后，当年就卖出粮食2.6万吨。河北省清苑区是西瓜产地，每年到收瓜季节，农民为卖瓜发愁，后来，运到天津市农产品批发市场，不但卖得快，价格也好。同时，农产品批发市场的商品辐射面大，最小的批发市场也涉及几百里，大的上千里。如四川省成都市的三大农产品批发市场的商品可销往全国各地。辽宁省沈阳市南站的农产品批发市场，商品来源于27个省、市，与300多个单位建立了购销关系，形成了网络。

目前，农产品批发市场已形成了万商云集、货物多样的集散点。批发市场打破了区域界限，做到了货畅其流。到批发市场参加交易的，人不分公私，地不分南北，都可进入市场自由交易。价格随行就市，完全由市场调节。打破了地域性封锁的局面，做到了多种经济成分、多条渠道经商，有利于竞争。农产品批发市场上除以农产品为主外，也有林、牧、渔各类产品，还有农民的小手工业产品和乡镇企业产品。零售商从批发市场购到货物，马上运送到城市和其他地方出售，既受农民欢迎，也受消费者欢迎。

确实如魏亚玲所描写的那样，1986 年前后，农产品批发市场在国内确实如雨后春笋般地在各地涌现。它的出现，是我国流通体制改革的一个重要突破，也是解决我国城乡流通问题的一项行之有效的措施。

在那个商品还显紧缺的年代，随着全国批发市场的涌现，各类商业经济体的货源问题有了解决途径，接下来，就开始了商业的振兴。

中央决定进行商业企业改革

1986年5月30日，国务院批转了国家体改委、商业部等单位《关于1986年商业体制改革几个问题的报告》，并发出通知，要求各地结合本地区的情况，认真贯彻落实。

通知中指出：

> 广泛发展商业流通领域的横向经济联合，进一步搞活国营大中型商业企业，继续放开国营小型商业企业，加强对市场商品流通的宏观调节和管理，进一步简政放权，把属于企业的权力彻底放给企业，并积极探索间接管理企业的办法。同时，要在地方政府统一部署下，继续进行统管社会商业的试点。省、地一级行政性公司原则上应当撤销。在进行政企职责分开的改革试验中，有条件的市、县，可以研究试办各种商会和行业协会，由企业自愿组织，不得用行政办法建立。

1987年3月，国务院副总理田纪云在全国商业厅局长会议和全国供销社主任会议上，对商业体制改革提出了如下要求：

> 国营大中型企业要积极探索将企业所有权和经营权分离的具体形式。国营小型商业企业要继续推行“转、改、租”等行之有效的办法，特别要积极推行租赁制。供销社是集体所有制企业，要执行集体经济的政策和办法。

6月，国务院又批转了国家体改委、商业部、财政部《关于深化国营商业体制改革的意见》和《关于深化供销合作社体制改革的意见》。

这两个文件指出：

> 改革的重点是有计划、有步骤地推行多种多样的承包经营责任制，相应改革领导体制和分配、劳动制度。实行经理负责制，经理是企业的法定代表人，起中心作用，对企业的人、财、物和产、供、销全权负责。对现有职工分期分批进行培训，经过培训仍不符合上岗要求的，另行安排适当工作。在中型零售商业企业试办集体租赁制，同主管部门签订租赁合同，并由公证部门公证，承担法律责任。原有职工除自谋职业者外，原则上由企业消化。

在当时，关于对商业企业改革的探讨，理论界、文化界及各地出版单位都非常关注。

6月25日，《人民日报》刊登了宁夏银川市刘全信的来信，题目为《如何改善商业服务工作》，刘全信在信中写道：

编辑同志：

最近，我去山东烟台、河南郑州及上海、北京等地出差，逛了一些百货商场和商店，发现许多商店售货员的服务态度和服务质量有了改善和提高；有的售货员还主动为顾客购买物品当好参谋。

然而，我也看到一些售货员仍在扎堆聊天，对买主有问不答，任你呼之再三，竟听而不闻。国家有关部门多次强调要改善服务态度，这些人为什么仍无动于衷呢?!

刘全信的信引起了有关部门的重视，当时商业部副部长姜习亲自回信说：

正如你来信所说，近年来，商业、服务业的服务质量确实有所改善和提高，那种不遵守职业道德、态度冷漠、语言生硬、损害消费者利益的行为，不但受到广大消费者的批评，而且也被越来越多的商业职工所鄙弃。文明经商、优质服务，赢得了广大消费者的称赞。

但是，目前商业、服务业的服务水平从总体上看，服务态度差，服务质量不高，仍然是一个比较突出的问题。这个问题影响到党和政府同群众的关系，影响到我国人民与外国朋友之间的友好关系，必须随着两个文明建设的发展而加以解决。为了解决好这个问题，商业部在去年曾要求各地商业部门重视职工队伍的建设，加强职工职业道德教育，并在《中国商业报》上开辟商业职业道德讲座专栏，编写了商业职业道德教材，以提高商业职工队伍素质，更好地为工农业生产和人民生活服务。目前，各级商业企业和行政管理部门的领导同志在加强思想政治工作，改进企业内部分配制度，调动广大商业职工积极性的同时，认真注意解决商业职工的后顾之忧。这件事，对于促进商业职工端正服务态度关系很大，各级领导都要作为一项重要工作来抓。我建议商业职工开展“假如我是一个顾客”的讨论，以认真学习全国劳动模范熊汉仙同志热诚为顾客服务的精神，不断改进服务态度和提高服务质量。为了同一目的，今年下半年，商业部将与中央电视台联合举办“服务工作全面质量管理电视讲座”。

> 我相信，随着商业体制改革的深入发展，实施多种形式的承包经营责任制，商业企业规范服务、规范管理工作的逐步加强，商业职工队伍的思想政治、科学文化、业务技术素质也将逐步提高。在广大消费者的监督帮助和支持下，商业服务业的两个文明建设，必将出现新的局面。

就这样，在国务院及有关部门的推动下，全国商业企业的改革轰轰烈烈地开始了。

商业企业进行承包制改革

1987 年 6 月，国务院批转了国家体改委、商业部、财政部《关于深化国营商业体制改革的意见》，提出了国有及集体商业企业可以进行承包制改革。

"意见"指出：

> 国营大中型商业企业（包括批发企业）活力问题还没有根本解决，需要进一步改革。改革的重点是有计划、有步骤地推行多种多样的承包经营责任制，相应改革领导体制和分配、劳动制度。实行经理负责制，经理是企业的法定代表人，起中心作用，对企业的人、财、物和产、供、销全权负责。

其实，伴随着国有企业改革的步伐的深入，商业企业的承包制改革在很早就开始了。

1985 年，兰州市对 647 个小型国营商业企业实行承包制改革。

这些小型国营商业企业分别属于百货、糖酒、饮食、服务、五金等行业。

实施承包制后，由于企业实行了经营自主、分配自定、干部自选、盈亏自负，职工有了积极性，企业有了活力。

同时，经营范围扩大了，服务项目增加了，服务态度和服务质量也有了明显好转。

为了积极支持这项改革，兰州市商业部门在政策允许的范围内，积极创造条件，帮助这些承包后的企业搞活生意。

当时，兰州市糖酒副食公司改变以往坐吃企业管理费的做法，规定按人均留利多少分别收取企业的管理费，不搞“一刀切”。

为此，他们对其下属的70个门市部减免了管理费，使这些小型企业盈利增加，费用减少，有了自我改造和发展的能力。

1985年前9个月，600多个小型商业企业营业收入比去年同期增长10.2%，实现利润比去年同期增长28.5%，原来亏损的企业全部扭亏为盈。

这显示了承包制这项改革的方向是正确的。承包的巨大魅力引来了很多商业企业的纷纷效仿。

1987年夏天，“包”字迎着伏天30多摄氏度的热浪进入上海南京路。

夏天的一个下午，名闻海内外的上海市第一食品商店、培罗蒙西服店、吴良材眼镜店、亨达利钟表店等22家大店、名店的经理在承包合同上签字。

这也宣示了我国最大的商都上海大中型商业企业的

全面承包改革，就此拉开了序幕。

此次上海市国营大中型商业企业共有787户，实现利税占全市国营商业的83.5%。

几年来国家通过扩大企业自主权、改革分配制度、试行经理负责制等改革，增强了这些企业的活力。

但是，由于经营机制不够完善，企业普遍缺少自我积累、自我改造、自我发展的能力。

面对这些问题，上海市有关部门积极支持上海的商业企业实现承包制改革。

当时，上海商业承包改革实行“确保基数，鼓励多包，多超多得，欠收自补”的16字方针。

首次承包的22家企业，都是上海财贸系统的骨干企业，职工7000多人，人均上缴利润每年在1万元以上。

上海市在推行大中型商业企业承包经营的改革中，注意用经济、行政手段制约企业的短期行为。

当时，有1100多名职工的上海第一食品店，在承包合同中明确规定了健全食品卫生法规、计量法规、价格法规以及服务规范、安全生产等制度。

和其他地方的承包制改革一样，上海的承办制改革也取得了成功。按“确保基数承包”的这些商店在两年承包期间，每年上缴利润比较1986年实现了大幅度的增长。

随着改革的进一步深入，上海商业企业的自主权也进一步扩大。

上海商界还开始试行“六自主”改革，实施这项改革，将使全市 48 户大中型企业在企业经营、商品定价、劳动用工、工资分配、投资发展和机构设置方面更充分地承担自主经营、自我发展、自负盈亏、自我约束的权利和义务。

把企业推向市场，促使大中型商业企业经营机制转换，是这项改革的宗旨。

对于商品定价的改革，在国家政策法规下，企业可依据价值规律、市场供求情况分别执行国家定价、市物价主管部门定价和行业协议定价以及自行定价。

同时，少数经营风险大、季节性强的商品，鲜活商品，库存积压商品，甚至可在一定幅度内直接与顾客面议价格。新的改革进一步促进了上海商业企业的发展。

在商业企业实现承包制改革中，不可避免地会出现一些问题，克服这些问题实行承包制的良性发展事关重大。中原人口大省河南，在进行商业承包制改革过程中，就成功解决了这些问题。

1985 年，郑州市供销社系统就借鉴农村改革经验，建立了多种形式的承包经营责任制。

各基层社承包之后，干部职工的劲头果然大增，但时隔不久，又出现了新的情况：尽管职工个人销售包干额不断增长，但企业仓库里的积压商品也随之增加。

到 1986 年 6 月底，全市供销社积压商品总额达到 3800 多万元。

究其原因，就在于供销社搞的承包经营，职工只负盈，不负亏，盈利的职工得奖金，亏损了的则由企业背包袱。

在这种情况下，许多职工为了多销售、多得奖，就拼命推销畅销商品，这就造成了滞销商品日益增多。

针对经营承包责任制中职工“只负盈不负亏”的弊病，郑州城郊十八里河供销社率先改革。

在实施改革过程中，他们一面对所属10个门店实行自负盈亏的独立核算，一面让每个职工都缴纳抵押承包金1000元，社主任和门店经理每人缴纳2000元。

这种抵押金专门用于亏损补贴，一月一结算，盈余了按高于银行存款利率付息并适当分红，亏损了就用职工抵押金补偿。

这两项措施一下子把企业经营的好坏同每个职工的利益紧紧联在一起，第二个月全社所得纯利润成倍增长。

十八里河供销社的新突破在全市供销社系统引起巨大反响。

第二年年初，郑州市供销社就向全系统推广十八里河供销社的改革经验。

就这样，从上到下，全市供销系统1.8万名干部职工共缴纳承包抵押金1546.3万元，加上农民股金630.2万元，两项资金共占全系统自有资金的半数，全市有1410个门店实行了独立核算和租赁承包经营。

抵押承包，联利联心，不到半年，面貌大变。职工的积极性、创造性、主动性空前高涨。

在新的承包责任制下，各门店人人都精打细算，按照市场需要进货，勤进快销。在实行新的承包制后，他们不仅没有新的商品积压，还处理了积压商品1600多万元。

同时，商业系统的面貌也发生了明显的变化，1987年头几个月，全市供销社系统所属公司、门店的职工出勤率几乎100%，并普遍延长了营业时间。

中牟县邵岗供销社，过去几年，曾经放弃了对农副产品的经营。

实行承包制调整后，他们积极主动地扶持当地多种经营生产。这样一来，当地农民收入增加了，供销社也由过去的长期亏损变为连年盈余。

商业企业进行股份制改革

20世纪80年代中期，中央有关部门提出：

> 深化国营商业体制改革，要坚持公有制为基础和所有权与经营权分开的原则，以增强企业活力为中心，区别行业特点和企业规模，实行多种管理形式和经营方式的改革，使企业真正成为自主经营、自负盈亏的经济实体，发挥国营商业在市场上的主导作用。

在中央有关政策的支持下，各地商业企业在进行各种改革尝试的同时，股份制改革也成了一些商业企业的选择。

1984年7月，北京天桥百货商场成为全国第一家股份制商业企业。股份制这种新事物的出现，立即引起有关部门的注意和支持。

天桥百货商场，从20世纪50年代开始，就成为全国商业战线上的一个楷模。当时它以“三主动”的优质服务，赢得了顾客的信任和称赞。

在以后的30多年里，这个商场信誉不衰，经营和服务仍是一流。

1984年春，当城市经济体制改革刚刚开始的时候，天桥商场的领导和职工就思索、讨论着一个问题：“天桥”的改革应该把劲用在哪里？“天桥”向何处去？

经过思考，天桥商场人的眼光从柜台飞向商品经济发展中所展示的丰富而广阔的市场。于是，一个大胆的设想开始酝酿了，成立股份有限公司。

也正是在这个时候，天桥商场的上级主管部门正酝酿着，把首都最繁华地区之一的前门大街上的所有工业品零售商店，划归天桥商场，成立天桥商场总店。

以总店带分店的形式组成一个经济实体，说得透彻点，就是由“小块”变成“大块”。

此时，天桥商场的领导就想，是靠行政的手段来联成一“大块”，还是靠自己的优势吸引别人、用经济的办法搞联合？

最后，天桥商场人选择了后者。

为此，他们向上级主管部门说明了已经反复酝酿的想法，即发放股票，聚集社会闲散资金，开拓业务，发展联合，成立“天桥百货股份有限公司”。

他们的想法很快就得到了有关部门的积极支持。

当时，北京市工商管理局在为天桥百货股份有限公司发放经营执照时，还费了脑筋：“企业性质”这一栏怎么填写呢？是国营，是集体，还是个体？

最后只好这样落笔：“三种成分都有，是个混合体。它是有别于国营、集体之外的第三种商业。”

1984年7月26日，天桥百货股份有限公司经北京市政府批准宣告成立。

作为全国第一家股份制商业企业，天桥百货股份有限公司的成立吸引了各方的目光，更得到了前门各个商场和个人的支持。

当时，北京市工商银行为它发行的300万元股票，仅五六天时间就被认购一空。单位认购最多的100万元，最少的1万元；个人认购最多的2000元（最高限额），最少的100元。

在认购过程中，天桥百货商场和前门百货商场的400多名职工，大多数都认购了股票。

这一下在首都轰动了。人们拭目以待，看“天桥”会搞出些啥名堂来!

在大家的关注下，天桥百货股份有限公司以天桥百货商场为基础，又吸收了前门百货商场为自己的骨干企业，加上一些股东的入股，开始了自己的经营活动。

新公司成立后，他们确定了“两大骨干、满天星”的开发方针，在进一步搞好天桥商场、前门商场两大骨干企业经营服务工作的同时，积极开展跨省、市，跨行业的经销、联销、代销业务，大力开拓横向经济联系。

天桥股份有限公司的经营搞活了，自主权多了，它真的与“国家脱钩”了。国家除了“照章收税”之外，其他什么都不管。企业亏了，国家不补贴；企业的经营活动，没人干预；企业长工资，发奖金，搞福利，国家也不拿钱，真正是“自负盈亏”。

对此，天桥百货股份有限公司董事长张继斌和总经理臧怀俭都反复强调：

> 股份制就是自己努力挣饭吃，不靠国家给饭吃。不是“铁饭碗”，而是“泥饭碗”；“泥饭碗”虽不能打碎，但可能变大变小。

过去天桥商场的经营没有自主权，“进货一个源，死活一棵树”。自己要想到外埠采购，先要向主管的百货公司写报告，上边同意了，才能去办。

实施改革后，股份公司的最高权力机构董事会自己就可以决定如何采购，用不着请示报告，想办的事情就立刻办了。

企业自主权扩大后，他们大力发展商商联营、商工联营，同广州百货站联合成立了“京穗进口商品联营部”，双方各投资 100 万元，实行“利益均沾，风险共担”。

天桥商场通过这条渠道，先后组织了 250 多个品种的 584 万元的商品，大大丰富了首都市场。

实施改革后，股份公司还发展厂店直接挂钩，他们与南京无线电厂、辽宁营口洗衣机总厂、苏州电扇厂、苏州电冰箱厂、国营南京 720 厂等名牌产品厂家建立联系，签订长年供货合同，填补了以往经营的空白。

同时，股份公司还同山西临汾玻璃制品厂、河北束鹿服装厂等单位“直挂”，向他们提供样品、原料、商标，让这些厂家生产首都市场需要的物美价廉的小商品。

在股份制改革后，企业最为方便的是对企业资金的自由调度。

过去，天桥商场靠银行贷款过日子，资金被控制得比较死：一是资金数量受限制，自有资金多，贷得就多，自有资金少，贷得就少；二是用起来也受限制，购置50元钱以上的固定资产就要上报批准。限制这么多，企业根本无法向外开拓，搞横向联合。

股份公司成立后，集股资金灵活自主，自己从市场的实际情况出发，确定发展的战略和决策，办起事情来效率高、效益也好。

当时，北京京郊区要新建一个百货大楼，天桥股份公司知道后，当即就决定投资入股25万元，联合经营。如此快的反应速度，在以前是不敢想的。

当时，北京燕山石化区商业网点不足，经营不好，股份公司了解了情况后，立即投资30万元，与燕山石化区的百货公司合办“燕山分店”。

为了搞好教育，天桥股份公司还派出优秀职工去参与经营管理。

燕山分店开业半年，销售额和利润都比上年同期大幅度增长。这样一来，既方便了这里的人购物，更给天桥股份公司带来了巨额利润。

天桥商场实行股份制后，对企业的改革更加方便了，为了提高效益，天桥股份公司在内部经营管理上，建立了严格的承包责任制，主要内容是“六好七定”。

“六好”是执行政策完成定额好，服务态度服务质量好，团结互助好，遵守纪律好，商品陈列卫生好，思想政治工作好。

“七定”是定销售、定利润、定资金、定品种、定费用、定差错、定劳效。

在实施中，各个组，如营业组达到“六好七定”规定标准和条件的记 100 分，其中经济指标和服务指标各占 50 分。完成各项指标的组，可以额外得到一笔经济奖励。

同时，天桥股份公司还规定指标和条件超额完成或完不成的，要增分减分。

建立了经济指标和服务指标两个方面同时考核的管理制度后，公司的工资和奖金的分配就不再是平均主义，而真正体现了多劳多得的分配原则。干得好的，工资年年升级，每月奖金可以拿到 40 多元；干得不好的，涨工资没份，奖金一点儿都拿不着。

新的所有制模式，给公司带来了巨大的变化，最明显的变化是，员工们的工作热情提高了，公司工作效益上去了。

在一年多的时间里，天桥股份公司先后同 22 个省、市的 300 多家生产厂家和贸易单位建立了良好的购销业务关系。

截至 1984 年底，全公司销售额达 7000 多万元，其中 7 月至 12 月销售额为 3000 多万元。

1986 年，天桥股份公司在内部改革上又迈出了新的一步，试行了“百元销售工资含量提成制”，取消了“旱涝保收”的基本工资和固定不变的福利待遇。

在这种新的分配模式下，公司把每个人的工资、福利、奖金都同自己的工作量、劳动量紧密结合起来，使每个职工上班来了工作任务明确，工作标准明确，劳动报酬明确。

同时，公司还全面实行了实物负责制，凡因工作中责任心不强、马虎从事造成的商品丢失或残损，一律由个人负担。

政策的执行是严格的，一次，天桥商场的钟表组丢了 5 块电子表，价值 45 元，于是，在岗人员全部赔偿了损失。还有一次，商场食品组短款 800 元，全组免发两个月奖金，用奖金补偿损失。

看到公司真的说到做到，对政策动了真格的，公司员工对工作更加认真负责了。

“天桥”打破分配上的“大锅饭”，落实了责任制，使优质服务有了坚实的基础。而股份制本身又使职工更能够加倍关心企业的命运，因为企业经营的好与坏，直接关系到个人的得与失。

和北京天桥商场一样，全国各地很多商业企业都实行了股份制改革。

1985年上半年，江西南昌蔬菜公司在50个门市部试行股份制。

一年后，店内面貌一新，营业员态度变好了，企业扭亏为盈，职工增加了收入。

1986年10月，南昌市商业局总结了试行股份制的经验，决定在10个公司的50个企业扩大试点。

这些菜店实行股份制后，民主选举了经理。这些经理上任后，大胆改革，很快开拓了新局面。

实行股份制改革后，一些企业的经理高兴地说，实行股份制最大的好处是把按劳分配与按股分红结合起来了。职工是劳动者，又是经营者，他们同企业利益共享，风险共担，因而主动关心企业的成败，努力把企业办好。

在改革前，南昌饮食服务公司8月份有12家饮食店出现亏损。

推行股份制后，各个店普遍提高了服务质量，增加了花色品种，10月份就有7家扭亏为盈。

当时，一个叫杨健的记者目睹了南昌市的这一变化，专门写了《南昌菜店全部实行股份制职工上下齐心开拓新局面》一文，杨健写道：

> 目前，南昌市135家蔬菜零售企业全部实行了股份制，职工共负盈亏，同担风险，呈现出上下齐心办店的新气象。

去年元月，南昌市蔬菜公司将小型国营菜店全部转为集体所有，集体经营；企业实行独立核算，自负盈亏，在50家菜店试行股份制。

实行股份制的企业，除老弱病残及有特殊原因者外，每人至少认购一股，每股100元。企业盈了，职工按股份分红；亏了，也要按股分摊。这既解决了资金来源，又调动了职工的经营积极性。

股份制实行一年多，50家企业全部盈利，连原来亏损的14家企业也扭亏为盈。今年9月，其他85家企业也实行股份制。职工踊跃投资入股。到目前为止，135家菜店中，已有80%的职工入股，入股资金达20万元。

商业企业的股份制改革给当时僵化的商业企业带来了一股新的气象，更给我国商业体制改革注入了新的活力。

商业企业进行租赁制改革

1987 年 6 月，国务院批转了国家体改委、商业部、财政部《关于深化国营商业体制改革的意见》。“意见”提出了国有和集体商业企业可以实现租赁经营：

> 已经改为国家所有、集体经营的企业，可以不变，也可以实行租赁制经营；未转未改的企业，要大力推行租赁制经营。
>
> ……
>
> 实行租赁时，应以本店职工租赁为主，也可以向社会租赁，但都要进行公开招标。租赁企业除了要确定合理的租赁费外，还要规定合理的积累和分配比例，并按有关规定征收个人收入调节税。

在这种情况下，全国各地都积极开始采用租赁制，来使当地的各类商业企业实现快速发展。

“今年 5000 多家商店实行租赁制收效好，明年要再跨新台阶”，这是 1987 年北京市政府推进商业改革的新的奋斗方向。

当时，北京市商业改革几经起伏。但自从全市商业和饮食、服务、修理、蔬菜等行业推行租赁制后，全市的商业经营都站稳了脚跟，并且收效显著。

租赁制企业之所以有旺盛的生命力，从根本上来说，是它适应了社会主义初级阶段的商业企业的管理水平。

租赁合同一经签订，承租者便拥有企业自主权，既有法人地位，又对企业负有责任；既有成功的奖赏，也有失败的惩罚。

1987 年北京全市 97% 的国营菜店实行租赁后，一改过去主管公司批什么卖什么的被动局面。

由于广开进货渠道，卖菜抢头（卖鲜），甩尾（及时处理次菜），头 9 个月的费用水平和毛利率差价，都比去年同期有明显的下降。

1987 年 1 至 9 月，全市租赁起步早的 2950 家门店的销售总额，比上年同期增长 27.7%，实现利润增长 45.6%，职工个人收入增长 32.7%。

在湖南，当地商业主管部门也积极支持商业企业进行租赁制改革。

在湖南石门县商业系统出租的企业，租赁前除小部分有微利外，大部分是长期亏损单位。

对此，县商业局及作为出租方的所属各公司认为，把经营不景气的企业租出去不是为了卸包袱，不能一租百了，而是要在给予充分经营自主权的前提下，进一步给予必要的指导和帮助，使租赁企业尽快提高自主经营、自负盈亏和自我发展的能力。

为此，石门县商业系统的领导还形象地说：“租赁企业是嫁出去的女，不是泼出门的水。”

湖南省石门县商业局对租赁企业不甩包袱，积极扶持，加强指导，促进了租赁企业的正常经营和健康发展。

在具体工作中，石门县商业系统工作人员积极帮助提高承租人的经营管理素质。

为此，县商业局采取集中培训等形式，帮助承租人吃透关于租赁经营的政策精神，掌握财务、统计、物价等方面的知识，熟悉购销调存等经营环节的情况，提高经营管理能力。

秀峰商店承租人郭淑英原是营业员，出租方五交化公司的经理经常给她传授经营管理知识，使她的管理水平迅速提高。在郭淑英的带领下，这个多年亏本的商店较快摘掉了亏损帽子。

县商业局还为租赁者提供经营便利。当时，县商业局和公司注意处理放与管的关系，一方面给租营企业充分的经营自主权，一方面也积极帮助经营方解决流动资金不足、商品积压等困难，提供业务信息。

阳泉乡食品站租赁经营后，由于信息不灵，5 月份运 90 担鸡蛋到广州销售，因售价低造成亏损。

看到租赁者的困境后，在商业局的号召下，出租方肉食公司主动让出一笔生意，帮助租赁经营者摆脱了困境。

帮助搞好会计核算，也是该县帮助租赁企业的一项举措。各公司帮助租赁企业建立各项账目和财务制度，加强考核。

针对有的租赁企业有不留积累的倾向，县商业局反复做思想工作，帮助他们端正了认识。在县商业局的带领下，全县商业系统的各租赁企业都有了清晰的财务制度。

县商业局对租赁企业的扶持与帮助，起到了很明显的效果。

1988 年 1 至 5 月，11 家租赁企业按照合同如数交纳各项租赁费后，与租前的去年同期相比，上交税利增长 30%，企业留利增长 25%，职工收入增长 21%。

在各地政府的支持下，租赁在各地的商业企业中开始显示出了它巨大的威力。

在北京崇文区，为了使租赁企业健康发展，工商、税务、银行等部门对原企业职工租赁者，在税收、银行开户方面采取相应的优惠。

同时，租赁条款明确规定：允许租赁者在搞好主营业务的前提下，兼营其他项目。

企业实行租赁后，所有制性质不变。但是，由于把所有权同经营权分开了，企业经营自主、分配自主、人员自选、盈亏自负，职工的切身利益与企业的经营好坏紧紧联在一起，增强了职工的责任感。

集体租赁的永定门内修自行车门市部，原来的一位修车工担任负责人后，整顿劳动纪律，严格规章制度，堵塞管理中的漏洞，门市部正气上升。

同时，他们还集资扩大新的服务项目，租赁后的3个月即盈利1584元。

实行租赁经营后，那些地处深巷的微利小店，也开始千方百计改进服务质量。

在饮食业中，崇文区由个人租赁的7家饭馆，大都早开门、晚打烊，由原来的两三个品种增加到油炸制品、花卷、包子等七八个品种。

“卖废品难”是群众长期呼吁而又难于解决的问题，而实行租赁后，多购多销职工多得。

于是，遍布全区的24个门市部实行全天收购和上门收购，经济效益明显上升。

和北京崇文区相比，租赁带给重庆的变化显得更大。

以前，到过重庆的人有一个共同印象，那就是“吃饭难”。当时重庆很多国营饮食业，效率低下，态度恶劣，致使有了外地人在重庆“吃饭难”的问题。

然而，以劳务为主的小型微利和亏损企业实行租赁后，这些企业获得了新的活力。

在市中区，饮食服务公司经理马庆高兴地说：“这两年，全区104个自然门店已有52家实行了集体和个人租赁经营，其中租赁前有28家全年亏损户，现在已全部扭亏为盈。”

为什么变化这样大？马庆说：“主要是实行租赁后，大大提高了承租者自主经营的程度，经营权、人事权、奖罚权、分配权都交给承租者，上边的干预少了，承租者就能发挥自己的特长，甩开膀子把生意做活。”

是的，租赁给商业企业带来的压力是不言而喻的。因为不论是集体还是个人承租，都必须交保证金或财产抵押。这样，真正的自负盈亏便落在了实处，承租者一方面有了活力，同时也要承担亏损甚至倒闭的风险。如果生意不好，就如火掉在脚背上。

这种压力迫使租赁企业必须抛弃官商作风，改善经营管理，整顿劳动纪律，实行按劳分配原则，否则，就不能在激烈的竞争中求生存。

在当时，集体承租的蓉味轩饭店的变化就是一个有力的说明。

蓉味轩饭店地处市中区的闹市，共有 30 名职工。承租负责人曹学尧，是一位精明干练的女经理。

承租前，蓉味轩饭店平均每月营业额不到 2 万元。承租后，他们在增加花色品种、提高饭菜质量上下功夫，营业额不断提高，几个月内已经比承包前增长了一倍。

收入增加了，他们没有分光吃光，两年来，他们先后两次花了 2 万多元装修、扩大了店堂。第二年，职工又主动投资 7000 元准备安装空调，扩大营业。

这个店的管理和奖罚都极为严格：一名职工提前关店门半小时，受了罚；几名职工因私自分食一只卤鸭，也受了罚。像这样的事，在租赁前，根本不算回事。

蓉味轩开始实行租赁时，因家底薄，除工资外没有奖金可得，更没有医药保险之说，职工每人只发 2 元医药费包干使用。当时经理曾向职工讲明，只要大家努力，企业效益好了，职工福利就会改善。

经过大家的艰苦努力，经理昔日的许诺正在兑现：两年后，职工可按工龄长短实报 75% 至 95% 的医药费，除奖金外，还给每位职工发了房贴、燃料补贴，店里还从福利基金中拿出一部分钱为职工进行了家庭财产保险和人身保险。

职工们高兴地说，劳动费了劲头，却活了手头，并普遍感到实行租赁大有奔头。

蓉味轩饭店这种集体承包是成功的，至于个人承租的，效果就更为明显。

1986 年，九龙坡区黄桷坪贸易公司有 6 家经营亏损的餐馆，租赁前职工都领不到全额工资。

实施租赁后，该公司把餐馆租赁给个人。

租赁是可以改变人的。当时，国营劳动饮食店有一名职工，因工作表现很差，承租后，各家饭店都不要他，工作无法安排。

无奈之下，公司只好将一间门店租赁给他，让他成立麦卤香食店，每月向公司交租金 100 元。

从此他早起晚睡，辛苦经营，与先前简直判若两人。为加强竞争，他经营的小吃、蒸菜等增加到 20 多个品种，顾客花一元就可在这里吃一顿可口的饭菜。

一年后，他一天的营业额就收入 100 多元，他自己也说："租赁把懒人变勤了。"

懒人尚且能如此，租赁给其他个人的餐馆效益自然更加好了。

租赁给个人后，这6家经营亏损的餐馆，不但很快全部扭亏为盈，足额上交了租赁费，而且还开始上交所得税。

租赁使曾经因"吃饭难"而闻名的重庆，摆脱了恶名。后来，这里的饭馆、小吃店、摊档数不胜数，随处可见，给群众生活带来很大方便。

其中一部分国营饮食业实行租赁以后，也很快从困境中走出来，重庆的商业到处都充满了生机。

在各地商业企业纷纷实行租赁制改革时，对租赁企业可能会使商业信用出现危机的担心也开始产生了。然而，江苏丹阳租赁企业的行为消除了他们的顾虑。

1986年初，在江苏丹阳市，商业局对其所属企业实行租赁制后，有的承租人打算私自提高商品销售价格。

发现这一苗头后，商业局明确规定，不准卖黑市和乱涨价，并引导租赁企业，建立了以价格信誉为主的竞争体制。

在商业局的带领下，租赁企业采取的第一个措施是坚持"薄利多销"。

在当年夏季的"电扇大战"中，位于偏僻地段的新民百货商店把每台电扇以低于其他商店10元的价格出售，一个月就销出300多台，销售量居商业系统各店之首。

同时，租赁企业还全面实行商品质价相符的制度。公司规定，如果顾客买回商品后，发现价格高于本市其他商店销售价的，一律退还差价。

就这样，丹阳商业局所属 18 家租赁企业，盈利不靠涨价，买卖不图一时，当年总销售额比上一年增长 48%。

三、 迅猛发展

●江泽民在中央党校发表的讲话中明确地说："我倾向于使用'社会主义市场经济体制'这个提法。"

●李岚清指出："连锁经营是我国流通领域的一场革命。"

中央提出建立市场经济体制

1992年1月17日，农历腊月十三。一辆没有编排车次的绿皮车，悄无声息地驶出站台，深夜出京，向着南方奔驰而去。

此刻，邓小平坐在南行的列车上，回顾刚刚过去的1991年，展望1992年，纵观世界形势，思考着中国的未来……

1月19日，列车到达深圳特区。

看到深圳的巨大变化，邓小平发表长篇讲话，他高兴地表示：改革开放是大势所趋，得到了全党全国人民的拥护。

针对一段时间以来，姓“社”姓“资”的争论造成改革开放难以开拓新局面的现状，邓小平说：

> 改革开放迈不开步子，不敢闯，说来说去就是怕资本主义的东西多了，走了资本主义道路。要害是姓“资”还是姓“社”的问题。判断的标准，应该主要看是否有利于发展社会主义社会的生产力，是否有利于增强社会主义国家的综合国力，是否有利于提高人民的生活水平。

邓小平提出的“三个有利于”标准，一下子驱散了姓“社”姓“资”的争论造成的阴霾，给了人们一个辨别是非的锐利武器。

在南方谈话中，邓小平以深刻的智慧和巨大的理论勇气，冲破禁区，提出社会主义也可以搞市场经济，从而解决了困惑中国多年的难题，为中国经济体制改革确定了新的目标模式。

在邓小平提出这一创见之前，全世界都认为，社会主义就是计划经济，资本主义才是市场经济。

邓小平正是对大量经济现象进行了多方面的、深入的、实事求是的思考后，才得出了正确的结论。他果断地提出：

> 计划多一点还是市场多一点，不是社会主义与资本主义的本质区别。计划经济不等于社会主义，资本主义也有计划；市场经济不等于资本主义，社会主义也有市场。计划和市场都是经济手段。

邓小平的谈话，极大地解放了人们的思想，不久，他的关于社会主义也要市场经济的观点立即在全党达成了共识。

1992 年 3 月，中共中央政治局在讨论中国改革和发展的若干问题时，大家一致赞成邓小平的谈话，认为这些思想对我国改革与发展的意义特别重大。

6月9日，江泽民在中央党校发表的讲话中明确地说："我倾向于使用'社会主义市场经济体制'这个提法。"

随后，党的"十四大"明确地把建立社会主义市场经济体制作为我国经济体制改革的总目标。

1993年，十四届三中全会通过的《中共中央关于建立社会主义经济体制若干问题的决定》，进一步勾画了建立社会主义市场经济体制的蓝图和基本框架。

中央提出经济体制改革的目标是建立社会主义市场经济体制，这标志着我国改革和现代化建设进入了一个新的历史发展阶段。

在这一时期中共中央、国务院加快宏观经济体制改革步伐，对财税、金融、价格、劳动制度进行了改革，推行现代企业制度，加强对国有资产的管理与监督等。

所有这一切，不但有力地推动了我国经济体制改革朝着社会主义市场经济方向发展，而且也为商业体制的进一步改革指明了方向。

继续深入进行商业企业改革

1992 年，社会主义市场经济体制提出后，我国的商业体制改革的步伐明显加快了。

当年 3 月，在分析了我商业企业被动挨打的原因后，有关人士有这样一种共识，我们的商业企业，很大程度上是建立在产品经济和高度计划经济的基础之上的，社会责任和企业职能不分。因而在计划经济与市场调节相结合的新形势下，必然由于这种先天不足而内外受困，缺乏竞争力。

因此，要使我国商业企业重振雄风，就必须把企业推向市场，参与竞争，迫使企业转变机制。在这种背景下，全国各地纷纷出台政策，促进商业体制改革进一步深入。

当时，北京市提出了以大商业推动全市经济发展，实施“买全国，卖全国”的商业发展战略。

而我国的经济中心上海，则推出了《完善商业企业经营机制，推进“六自主”改革的试点办法》。

湖北武汉市则决定，把商业体制改革的着力点放在进一步转变经营观念、转换经营机制、调整企业结构、提高经济效益上来。

在当时，有数十个省、市、自治区拿出了自己商业改革的总体方案，很多地方还立即将改革方案付诸实施。

在这一轮的改革中，河南洛阳商业企业推行的“公有民营”非常有名。

1992年，洛阳市第二百货公司华山商厦在学习借鉴外地经验的基础上，结合本单位实际，大胆推行“公有民营”的改制，一举扭转了连年亏损的局面，使企业摆脱了困境。

位于洛阳市中州西路与华山路交会处东北角的华山商厦，隶属于洛阳市第二百货公司，是20世纪70年代初组建的一家中型零售商厦。

当时，该商场营业面积2500平方米，职工170人，分为8个大组和34个实物小组。

由于经营规模较大，华山商厦在当时的中原地区的商业圈内占有比较重要的地位。20世纪80年代初，这家商厦的整体效益还算不错。

不过，自1989年后，随着市场疲软以及全国商业进入衰退期，华山商厦也陷入危机，当时商厦领导班子整日满脸愁容。

商厦当时的一位负责人后来回忆说：

> 效益不好，大量库存商品积压，亏损问题越发严重。那个时候，商厦的销售额和效益连年下滑，销售额从1988年的848万元一直下滑到1991年底的400万元。

当时，商厦也曾采取了一系列措施，如实行百元销售工资含量计提法，工资与销售额、奖金与利润双挂钩等承包方法，力图调动职工的积极性，扭转企业的被动局面，但是收效甚微。

亏损加剧，职工的收入逐渐减少：全商厦干部、职工的工资均被扣发，不少人只能拿到百分之五六十的工资；收入原本就低的，每月只能领到几十元。

一时间，营业小组无款进货，货架商品无人添加；劳动纪律涣散，服务质量下降；干部和职工的情绪都很不稳定。

1992 年 1 月 18 日至 2 月 21 日，邓小平发表重要讲话。春节过后，全国掀起学习小平南方讲话的热潮。

此时，洛阳市第二百货公司在学习中了解到，在天津、河北、浙江等地，部分商业单位“改制”了，通过“公有民营”的方式摆脱了困境，这让华山商厦领导班子有些心动。

很快，市第二百货公司组织下属 4 家商厦的负责人，到改制较为成功的河北省廊坊市红楼商店学习。

学习归来后，商厦领导班子暗下改革决心，决定在商场推行“公有民营”改革。

这一年 7 月，商厦“公有民营”的方案出台：职工集体合伙承包，具体办法可概括为“两保”“六自”“三不变”。

“两保”即原则上每人一节柜台，按每节柜台计算，承包者应保证在每月15日上交商店承包费200元、保职金50元，保证上交国家税金50元。

“六自”即承包者面向店内自由组合、自筹资金；承包者与商店签订协议后，在自己的职权范围内可以自主经营、自主用工、自负盈亏、自主分配；承包人在分配中可以高出柜台组内职工平均收入的20%至50%，不受任何干预。

“三不变”即明确宣布企业的性质不变，隶属关系不变，职工身份不变。

出台改制方案前，领导班子总是给自己打气。上级对他们率先“吃螃蟹”非常支持，时任市第二百货公司总经理的田建山总是鼓励大家放开手脚，不要有那么多的顾虑。

不过，商厦的大多数职工起初可是老大不愿意，原因很简单，改制之前，不管好坏，都是商厦给职工发钱；一改制，商厦不但不给职工发钱了，职工还得给商厦交钱。这“一进一出”，让很多职工都转不过弯来。

为此，商场开了多次会议做大家的工作，有意见的职工被告知：如果不改制，我们一点出路都没有。试一试，怎么说也比坐以待毙强吧？

现实的残酷，最终让大家半信半疑地接受了改制的意见。

除了转变思路外，在下半年这几个月中，商厦全体职工还有很多事情要做。

由于实行“公有民营”后，企业资产的所有权与经营权实行了分离，公有制生产资料具体地落实在每名职工头上。

除此之外，由于实行“公有民营”后，各柜台组都拥有一定的自主权，建立内部银行强化资金管理，并对原有库存商品进行调剂与处理就势在必行。

对此，商厦财务科对每个柜台组都建立了账目，并规定各组每天销售款和使用资金随时记账；各组根据自己账存资金情况使用，小组所收转账支票必须通过银行到商厦账户方可使用。

对于滞销商品，商厦仍按大类将其放到各柜台组代销，并确定代销任务。

经过4个多月的忙碌，1992年12月，商场全部34个柜台组都正式签订了承包协议，承包期为1993年1月1日至12月31日。

就这样，“公有民营”的改制已是箭在弦上了。

实行“公有民营”改革前，顾客看到的是这样一番场景：柜台内的营业员或忙着织毛衣，或闲着四处走动聊天，面对询问，多是一副爱答不理的面孔。

“公有民营”改革后，这种冷清消散了，取而代之的是营业员热情的招呼和回应。气氛的鲜明对比只是众多变化之一。如果仔细看货架，也会看到不少变化。

以前，由于原本的进货资金以大组进行分配，而且往往比较有限，争取到资金的小组往往存有“多吃多占”的想法，将分配的进货资金全部用光，往往造成部分货物积压；而争取不到进货资金的小组在短期内无法进货，只得眼睁睁看着畅销商品售罄而无能为力。

实行改革后，由于各小组都建立了账目，资金的使用更加灵活了。

为了用活资金，各小组都养成了“勤进快销”的习惯。这样一来，商场的商品结构合理了，积压的商品也越来越少了。

“公有民营”也使商品的价格出现了变化。原来进货，商店需要拿着支票到对口国有或集体单位去，不但选择面窄，价钱也不好往下砍。

现在各小组负责进货，批发市场成了很好的去处。大家不但可以货比三家，寻求最低进价，销售时，还可适当降价。

由于当时其他大型百货商厦仍未进行改制，降低售价需要报经管理层批准，所以，华山商厦可以调低售价这一点，顿时为商场吸引到不少大单顾客。

效益好了，职工的积极性自然高涨。这一年，几乎所有人都是早上班、晚下班、出满勤、干满点。

当时，副食组甚至大年初一、初二都放弃休息，大家轮流上班。

原本难以落实的“百拿不厌、百问不烦”真正实现了；家电组在出售大件商品时，甚至还可以做到送货到家。

“公有民营”改革使员工个人的利益与商场的利益结合起来了，这就使职工在工作中开始学会积极捕捉市场信息，甚至还动员亲友帮忙，联系推销。

自己劳动的越多，收入也越多，就这样，职工心中对改革的疑惑变成了喜悦。市第二百货公司的领导也不禁喜上眉梢，他们高兴地说：“原本是‘唉声叹气’，改制以后就变成了‘扬眉吐气’！”

作为洛阳市首家实行“公有民营”的中型商业企业，改制效果相当可喜。

华山商厦引起了全市乃至全省商业界的关注，其负责人被邀请外出介绍改制经验。

1993年12月，《河南日报》和《洛阳日报》相继刊发报道，对华山商厦实行“公有民营”一举扭亏进行了报道。

职工们也都非常高兴。过去的一年，商店消化掉了近26万元的积压商品，新进商品的适销率竟然惊人地接近100%。

连续3年的亏损帽子被摘掉了，职工的月收入比改制前提高了70%至90%，有些职工甚至达到原来的2倍或3倍。比起1993年春节前的心情，新一年春节给大家带来的是不折不扣的快乐。

年终结算时，各组都打算拿出钱来请商厦领导吃饭。领导最终拍板：把钱集中起来，大家一块儿热闹一下。

于是，1994年春节前，华山商厦的所有员工，在建设路上的一家酒店举办了盛大的庆祝宴会。

这次宴会，很多职工家属也参加了。

在当时，参加这样档次的宴会，对于普通职工来说是种奢侈。大家在举杯庆贺的同时，感慨最多的，就是“改制”的神奇魔力了。

在华山商厦的带动下，1994年起，华侨友谊商店等一批大中型商业企业都走上了改制的道路，“公有民营”逐渐在零售业、餐饮业以及其他一些行业推广开来。

促进小商品市场飞速发展

2005年8月，联合国与世界银行、摩根士丹利等世界权威机构，联合向全世界公布了一份中国发展的报告。报告中提到了“全球最大的小商品批发市场”。这个市场，就是浙江义乌的小商品批发市场。

最早的小商品市场是什么样子，已根本无从考证。有研究认为，尽管没有任何可靠的历史资料描述当时的市场情况，但是，义乌小商品市场实际上在1974年已成雏形。

早在20世纪70年代中期，义乌已存在一个混迹于定期集贸市场的地下小百货批发市场。

在当时，专门从事小百货交易还是十分危险的，因此，商贩们必须保持高度警惕性，还要装备简单，便于“逃跑”。

1978年冬天，随着中国社会大环境的变化，义乌非正式小商品市场开始与定期的集贸市场分家。

义乌县政府所在地的稠城镇，由于其特殊的地理位置和县域政治经济中心的地位，是小商品市场较为理想的地方。

最初，在县城沿街叫卖的只是少数几个老汉，随后吸引了一大批人加入，仅半年的时间，稠城镇县前街的摊贩增加到了100多人。

1981年，随着政府对个体经济的逐渐开放，义乌的小商品市场已由地下转入半公开状态，有了固定的地点，聚集在县前街、北门街。

同时，义乌小商品市场上商品品种不断增加，有塑料玩具、塑料用品、装饰品、打火机、各种帽子、手提袋，以及开始经销不准经销的服装、针织品等。

货源主要来自三个方面：从本地或外地百货公司批发；从外地厂家直接进货，进货点从省内到省外，门路越来越多；甚至还有个体户自己加工生产的本地产品。

随着小商品市场的繁荣，市场的摊位数也开始直线上升，并以至于严重影响了市容。

因此，当地工商管理部门多次奉命驱赶，但未能奏效。这些个体户的装备简单，还有一部分是提篮小卖，灵活机动，万一被“抓获”、没收，损失也不太大，所以工商部门的行动根本无法打消摊主的积极性。

当时，主管部门既无法驱赶摊主，也无法进行有效的管理，无法按照正常的市场管理办法管理，更无法收取市管费和税收。就这样，工商部门和个体户双方玩起了“猫捉老鼠”的游戏。这使工商管理部门左右为难。

自发市场与工商管理部门表面上有很大的冲突，但是内部的交易，却是依然井井有条。

1982年9月5日，稠城镇湖清门第一个小百货市场开放了。自此，工商部门与个体户的冲突才算结束。

1982 年开放的湖清门市场严格地说只是小商品市场的雏形，市场摊位十分简陋。

当时这里开放小商品市场的理由并不是因为市场的规模和社会影响力，而是因为部分农民“弃农经商”在义乌已经是一个既成事实，大量农村富余劳动力要转移也是一个客观事实。

其实，地方政府并不十分在意小商品市场会对农业生产带来什么负面影响，而是由于自发形成的市场影响了交通和市容，还造成了执法管理部门与众多摊主之间的冲突。

“猫捉老鼠”的游戏长期玩下去，总不是解决的办法。于是，有关部门就逼迫市场主管部门，必须迅速拿出有效的解决措施。

既然禁止的做法不能奏效，小商品市场本身也不会对社会造成危害，与其关闭，还不如顺其自然。就这样，稠城镇湖清门第一个小百货市场开放了。

当时的湖清门市场非常简易，在一条用于排水、排污的内城河沟上架起了水泥板，在水泥板上方用木板搭成摊位，在长条木板上方用塑料薄膜搭起了雨棚。就这样，一个个个体户的简易摊位就形成了。

摊主经工商所登记，领取摊位证，摊位固定，每一摊位占用的木板长度相等。

1982 年 11 月 25 日，义乌县委、县政府召开了农村专业户、重点户代表会议，时任县委书记的谢高华在讲话中果断地提出“四个允许”：

> 允许农民经商、允许从事长途贩运、允许开放城乡市场和允许多渠道竞争。

“四个允许”政策是在小百货市场开放之初，县领导审时度势作出的决策。“四个允许”的提出，其意义是非常大的，它打消了许多尚在等待观望的个体户的疑心和顾虑。

从此，义乌小商品市场开始走上了快速发展的道路。与此同时，小商品市场的发展，也带动了社队企业，特别是家庭工业的发展。

1984 年 10 月，义乌县委、县政府抓住这一可喜的势头，提出了“兴商建县”的发展战略。

第二年 5 月，义乌撤县建市后，“兴商建县”的口号又改为“兴商建市”。

1984 年 12 月，以第二代小商品市场建成为标志，义乌市场发展进入了一个新阶段。

第二代市场占地 1.3 万平方米，全部水泥地面，水泥板固定摊位，钢架玻璃瓦，排列有序，市场中心建成四层服务大楼，并配有工商所、税收稽征组、银行分理处、个体劳协、寄存和饮食服务、招待所、广播室、民警值勤室、治安委员会等服务设施和机构。

自此，义乌小商品市场实现了由“马路市场”“草帽市场”向“以场为市”的转变，商品种类达2740余种，流通范围逐渐跨出本县和周边市、县，并向外省、市辐射。

第二代小商品市场以其品种多、价格低、服务好、安全有保障等优势很快提高了市场知名度，开始吸引全省乃至全国各地更多的客商。

到1985年，小商品市场的摊位增至2874个，成交额5000万元。

1986年，第三代小商品市场建成。第三代市场占地4.4万多平方米，设固定摊位4096个，临时摊位1387个。场内有设备较齐全的商业服务大楼，另外，还配有工商、税务、金融等管理服务用房，立体型管理服务体系初步形成。

来自温州、台州、绍兴等省内其他市（地）和福建、江苏等外省的客商进场设摊。

1987年，义乌小商品市场成交额达两亿元。

1988年至1991年，义乌小商品市场经过民间与政府的合力孕育，逐步形成了一定规模，开始进入稳步发展阶段。

在这一阶段，场地规模、摊位总数、商品种类、年交易额等继续稳步增加。到1991年，小商品市场的年交易额已增至10亿多元，跃居全国同类市场榜首，并成为全国第一大的小商品市场。

从此，义乌小商品市场声名鹊起。不但周边县、市、区的相关产业日益围绕义乌小商品市场发展，来自浙江其他地区和沿海省份的商品也陆续入驻，而且以此为依托培育了一批颇具特色的产业群，间接地推动了周边地区市场和产业的发展。

就这样，在全省，乃至全国，一个与义乌小商品市场或企业有着紧密经济联系，并以义乌小商品市场为核心的跨区域分工协作网络，即“义乌商圈”，已经基本形成。

“义乌商圈”的辐射范围不仅包括附近省份，而且在东北、西北、华北等地也产生了巨大影响。

不久，义乌小商品城在新疆、北京、内蒙古、福建、甘肃、四川等省市办起了分市场或小商品配送中心，输出商品、资本、人才和管理，使义乌市场在国内的辐射能力大大增强。

在此后的几年里，“义乌商圈”的辐射能力还延伸到海外，先后兴办了乌拉圭分公司和南非分市场。

1992 年 2 月，第四代小商品市场第一期工程建成，该工程占地 6 万平方米，场内新设摊位 7100 多个。

从此，小商品市场实现了“以场为市”向“室内市场”的转变。

1994 年 7 月，第四代二期工程建成，占地 6.8 万平方米，新设的 7000 余个摊位投入运行。

1995 年，宾工市场建成，该市场占地 28 万平方米，共设 600 间门店和 8900 个摊位。

截至1995年底，义乌小商品市场的营业面积增加到46万多平方米，市场成交额达到152亿多元。

从1995年起，义乌市政府与当时的国内贸易部、香港贸发局等合作，每年一度举办“中国义乌小商品博览会”，受到国内外经贸界的关注。

2002年以后，义乌开始建设具有标志性意义的国际商贸城市场，进一步提升了市场的软硬环境，使义乌小商品市场步入了接轨国际的新阶段。

在这一时期，义乌小商品市场的外向度已达到60%以上，初步形成了“买全球货、卖全球货”的国际化商贸新格局。

此时，虽然周边同类市场也快速发展，如2004年台州路桥中国日用品商城成交额191.9亿元，但它们与义乌小商品市场之间的差距进一步拉大，义乌小商品市场在全国小商品生产、流通中的核心地位已经牢固确立。

国际商贸城作为义乌小商品市场的第五代市场，极大地改善了市场经营环境，为义乌小商品市场的进一步发展开辟了十分广阔的空间。

来自全国各地、以高中档为主的小商品，通过义乌小商品市场这一窗口，源源不断输往全国乃至世界各地，并且已有约占总成交额5%的国外商品进入这里。

当前，义乌小商品市场的发展已经相当成熟，正在逐步向商品市场与信息市场并重的新阶段过渡。

尤其是国际商贸城已不再以现货交易为唯一或主要

的功能，其产品展示、信息交流等功能成为市场持续繁荣发展的根本原因。

从1998年至2002年的5年间，尽管义乌“中国小商品城”的经营场地规模没有显著增加，但市场的整体素质有了明显提高。

义乌小商品市场自1982年创办以来，已建成“中国小商品城”篁园市场、“中国小商品城”宾王市场、“中国小商品城”国际商贸城三大主要市场群，拥有营业面积76万多平方米，2000余间门店。

市场内设立16个交易区，经营28大类10万余种商品，经营者10万多人，日均货物吞吐量近1万吨，日均现金流量1亿多元，商品辐射全国各地及周边140多个国家和地区。

小商品市场成交额已连续多年位居全国同类市场之首，被誉为“华夏第一市”。

与浙江的义乌一样，在山东、广州等地各类商品市场还有很多，这些大大小小的商品市场为中国商业体制改革提供了更为广阔的平台。

积极发展商业连锁经营

1995 年 3 月 5 日至 18 日，第八届全国人民代表大会第三次会议在北京举行。出席会议的代表有 2977 名。

会议听取了国务院总理李鹏的政府工作报告。

李鹏强调：

要积极发展商业连锁经营。我国正处在关键时期，流通的作用比过去大大增强了，流通体制改革更显得十分迫切。发展连锁经营，对于深化流通企业改革，加速流通产业现代化进程，进一步促进工业的现代化大生产，促进社会主义市场经济体制的建立，具有积极意义，是带有方向的一项重大改革。

当年 3 月，国务院又在上海召开了全国部分省市连锁商业座谈会。

李岚清到会并作了重要讲话，他指出：

连锁经营是我国流通领域的一场革命，发展连锁经营在我国社会主义市场经济体制下具有重要意义和广阔前景。

同年 6 月，原国内贸易部在成立了全国连锁店指导小组的基础上，又颁布全国连锁经营发展规划，以加大政府扶持力度和宏观指导。这标志着我国连锁经营的发展进入了一个新的阶段。

连锁经营是现代化产业经济发展的产物，是流通产业的一场革命。

连锁经营最早是在西方发达国家兴起的，它是流通产业发生的一场革命，对推动现代化的生产、引导消费、降低生产和经营成本、提高流通组织化程度，建立有序竞争的流通秩序，起了重大作用。

很早以前，首都北京以老字号店家居多而闻名全国，例如全聚德烤鸭、同仁堂中药、东来顺涮羊肉等均闻名中外。

虽然这些老字号店家在全国各地早有分店，但这种以同一品牌联营的方式，并不符合连锁经营在财务、采购、价格、管理、促销、标志、营业时间一致性的要求，因此仅能称为联营而非连锁。

党中央发展连锁经营的号召后，北京市在两三年的时间里，百货门店、购物中心、平价商场、仓储式商场、连锁店、超级市场、专卖店、快餐店等，如雨后春笋般地遍布大街小道，物美就是其中的一家。

物美最早诞生的时间要追溯到 1994 年。当年，刚刚回国创业不久的张文中与一批海外归国人员创办了一家信息技术公司，业务从为其他企业做系统集成项目发展到自主开发一套专为超市设计的管理信息系统，即 POS 系列。

产品研究出来了，接下来面临的就是销售。但当时国内没有超市，更没有人愿意当这“第一个吃螃蟹的人”。

于是，几个创业者一商量，索性自己做个示范超市，然后作为试点让别人参观，以促进销售。

1994 年 12 月 26 日，仿照国外超市的模样，用粗糙的三角铁焊制出货架，租赁了一家国营的废弃印刷厂作为店面，在当时十分简陋的条件下，物美第一家同时也是北京第一家规范的超市——物美综合超市翠微店成立了。

让人意想不到的是，第一家超市开业之后，购物场景异常火爆。

当时，怀着好奇心走进来的顾客，发现在这里不仅不用看营业员的脸色买东西，而且还可以切身感受到超市购物的实惠，平均每样东西都要便宜 20% 左右。

例如当时最畅销的长城干红葡萄酒，传统商店卖到 20 多元钱，而物美只卖 15 元钱。而女士高筒丝袜，传统商店 10 元左右，物美只卖 5 元钱。

同时，物美超市墙上明显处还悬挂着“购物到物美，工资涨一级”的标语，这个标语更像一包“兴奋剂”，触动着人们的神经及那并不饱满的钱包。

提出这个很形象的概念后，北京的老百姓口口相传，一时间，就连房山、延庆、通州等各个郊区的顾客都来这里购物。

1995 年，物美超市翠微店的销售额达到 1 亿多元。尝到甜头的张文中，自然把全部精力投入到前景一片大好的零售业上，并在 1995 年开设物美 2 号店。

在物美的带动下，“超市”这种零售业的销售形式在北京迅速发展起来。

作为最早涉入北京超市行业的物美，从开业之初“购物到物美，工资涨一级”，到如今提出“天天价廉、永远物美”的宣传口号，十几年来快速地发展。在物美的发展中，它创造了多个第一：

率先在国内零售业使用第三方物流配送；

率先在北方地区成为店铺超百家的连锁企业；

率先在国内零售业通过 ISO9001 国际管理体系认证。

2003 年 11 月底，物美在香港创业板挂牌上市，筹资 5 亿港元。

2004 年 12 月，物美全资收购日本大荣在天津的 12 家合资超市，更名为物美超市，加上物美原来在天津所开的 5 个综合超市和 60 个左右的便利店，物美在天津零售业市场已形成相当规模。

2008 年 9 月，物美通过其全资附属公司杭州天天物美商业有限公司，以 1.5 亿元的价格，收购了绍兴县商超投资有限公司 85% 的股权，以此间接持有浙江供销超市54.09%的股权，从而跨出其在华东区域扩张的重要一步。

截至2008年底，物美拥有包括城市中心地带的大卖场、在大社区范围全面服务消费者的综合超市、广泛深入社区为居民提供商品和各式服务的便利超市，以及设在地铁站、公交站的快速流动便利店等400多家各类店铺，不仅在北京市场占据重要地位，而且通过购并的方式，还把触角伸展到天津和浙江。

2008年，物美实现总收入97.49亿元，比2007年同期上升了24%；实现净利润4.9亿元，同比增长37.2%。

和物美相比，“适我”也许不够响亮，但它的发展历程却能代表很多中国连锁业发展的共同历程。

1997年，在朋友的帮助下，19岁的胡克铅揣着父亲给的两万元钱，只身来到了义乌。

到义乌后，胡克铅请来3个帮工，开了一家“适我”制衣店。在最初的几个月里，胡克铅凭借着精湛的手艺和良好的服务，很快赢得了一批固定的客户。

那时，手工制衣非常受欢迎，一方面，当时在义乌服装品种还不是很丰富，人们对时尚服饰的需求非常迫切；另一方面，胡克铅非常重视服务态度，尽量满足顾客的需求，再加上他做的衣服贴身舒适，因此生意非常红火。

那时胡克铅非常辛苦，因为订量比较大，每天从上午8点开门到凌晨2点关门，往往一天要工作18个小时。

由于生意做得顺风顺水，在接下来的一年半时间里，不安分的胡克铅相继又开了一家裤子店和一家服装店。

1999年初，胡克铅的几家店生意非常好，这让他有了办厂的想法。胡克铅借来50多万元钱，办了一家西裤厂。

然而，冒进的后果是，年轻的胡克铅遭受了惨败——判断失误，他的西裤厂刚建不久，市场上就开始流行起休闲裤，西裤逐渐被当时大多数跟风的年轻人所"遗弃"。

办厂失败后，胡克铅负了一身的债，面临的处境非常艰难。

二次创业的胡克铅变得非常谨慎。在经过多方考察后，胡克铅发现：当时纺织行业发展非常快，服装的潮流也瞬息万变。

对于自己这种小创业者来说，已经到了"做衣服不如卖衣服"的时代。于是，胡克铅决定放弃制衣行当，把精力全部放在了销售上。

在不到一年半的时间里，胡克铅又迅速开了4家裤子店、服装店和鞋帽店。

再次开店的胡克铅非常注重品牌效应，他把所有分店取了一个统一的名字——"适我"。

在经营理念上，胡克铅坚持"人无我有、人有我多"的策略，卖别人没有的品牌，使店内的品牌可选择性大。

在店面的装修上，胡克铅请来专业的公司进行设计，尽量做到比竞争对手高档一点。

全方位的悉心经营使几家店的人气急剧上升，每日的营业额出乎他的预料。

就这样，胡克铅的二次创业有了一个成功的开始。

2001 年初的一天，闲聊时，一个朋友说："你有那么多分店，为什么不综合起来管理呢？"

朋友的话点醒了胡克铅。"我的分店只是鞋店只卖鞋，服装店只卖衣服，裤子店只卖裤子，帽子店只卖帽子。如果把这些东西放到一起，开一个大卖场，这样顾客就可以在店内买齐一身的装备，而且管理起来也比较容易些。"

不久，胡克铅开始为他的卖场选址、装修、形象设计等，忙得不亦乐乎。

胡克铅认为，当时城市的大商场已经比较多，与大商场相比，自己并不具有更强的竞争力。而农村则是一块处女地，随着农村生活水平的提高，人们的消费观念也在发生着变化。于是，他看中了义乌大陈镇。

2001 年 5 月 1 日，首家"适我鞋服超市"正式在义乌大陈镇开张营业。

这个商场营业面积 200 多平方米，包含了数百个品牌的服装、鞋子和帽子，一时间，成为当时大陈镇最大的商场。

"适我"提出的口号是做"一家人的衣柜"，定位是农村的消费人群。这一设想填补了乡镇大商场的空白，专营优质价廉商品的“适我”超市受到了乡镇人的普遍欢迎。

于是，在这里，每逢五一、国庆或者春节期间，前来购物的顾客挤都挤不进来。

这样的热销激发了胡克铅更大的野心。当年9月18日，胡克铅投资100多万元，在苏溪镇开了第二家“适我”鞋服超市，营业面积达到500多平方米。

2001年，胡克铅正式注册了“适我”品牌，并在企业总部设立了一个3000平方米的配送中心，根据各连锁店的销售情况随时进行配货。

如今，在中国市场上，放眼望去，物美、美廉美、苏果、超市发等连锁超市遍布各地，它们的存在，再一次印证了30年来中国商业体制改革的成功与辉煌。

国外资本进入中国商业市场

1992年以前，由于政府管制，在庞大的中国市场上，很难觅到外资的身影。

从1992年开始，政府出台政策，首次允许外资零售企业进入中国零售领域，并且划出6个城市和5个经济开发区，即北京、上海、天津、大连、青岛、广州以及深圳、珠海、汕头、厦门和海南，在这些特定的区域做试验，允许建立零售业合资公司。

同时，合资公司被要求外资拥有的股份不能超过49%，外资零售企业不能在中国建立全资的零售公司。

在此以后，外资开始悄然走进了中国的商业领域，同时也推动了中国商业体制改革的进程。

1995年，家乐福成功地开设了当时中国规模最大的超级购物广场：北京创益家店。

家乐福采用国际先进的超市管理模式，致力于为社会各界提供价廉物美的商品和优质的服务，受到广大消费者的青睐和肯定，其“开心购物家乐福”、“一站式购物”等理念已经深入人心。

在以后的几年中，家乐福发展非常迅速。

1996年，家乐福成功进入上海和深圳；

1997年，家乐福进入天津市场；

1998 年，家乐福成功进入重庆、珠海、武汉、东莞等地。

2000 年，配合迅速发展的需求，家乐福又连续在中国开设了 5 家大卖场。

如今，家乐福已成功地进入了中国的 25 个城市，在北至哈尔滨、南至深圳、西至乌鲁木齐、东至上海的中国广袤的土地上，家乐福开设了 109 家大型超市，聘请了 3 万多名员工，在外资零售企业中处于领先地位。

家乐福还向中国引进迪亚折扣店和冠军食品超市两种业态。

2004 年，约有 2 亿多人光顾了家乐福在中国的各门店，其中 68% 为女性，32% 乘公共汽车，37% 步行，15% 骑自行车，9% 乘坐出租车或小轿车前往家乐福购物。

通过多年的经营，家乐福向中国的商业界输入了大型超市经营管理方面的技能和先进经验，并对商品采购、营销管理、资产管理以及人力资源开发等各方面实现现代化和本地化，为当地经济发展作出了积极的贡献。

作为新兴市场，世界零售业的巨头沃尔玛自然也不会放过中国的市场。

1996 年，沃尔玛进入中国，在深圳开了第一家店，在此后的 13 年里，沃尔玛依仗其无与伦比的资本实力和供应网络，迅速扩张。

到了 2008 年，沃尔玛进入了中国零售业百强前 10

名，营业额达278亿元，在中国的员工总数激增到7万之多。

截至2009年，沃尔玛已在中国的一线中心城市“北上广深”，即北京、上海、广州、深圳，以及二线重点城市成都、沈阳、长沙、济南、青岛、杭州等共89个城市开设了146家商场超市。

与大量超市开办相伴随的是，每年在沃尔玛超市购物的中国顾客高达2.6亿人次。

和沃尔玛、家乐福一样，自2001年12月中国正式加入世界贸易组织以来，国外资本开始大举进入中国的商业领域。它们的到来，一方面给中国商业带来了巨大的压力，另一方面也加快了中国商业的优化和发展。

逐步建立完善的中国期货市场

1992年9月，我国第一家期货经纪公司广东万通期货经纪公司成立，同年底中国国际期货经纪公司开业，由此，我国的期货市场进入了高速发展时期。

其实，中国的期货市场在很早就开始存在了。

期货市场是迄今为止市场经济的最高级形式。最早的期货市场内生于市场经济条件下实体经济主体避险的需要，并随着经济形势的演进而不断完善，完全是市场自我进化、诱致性制度变迁的结果。

新中国再生的期货市场发端于计划经济改革时期，在商品经济发展到一定阶段以后，被逐渐研究、认识和实践，是强制性制度变迁的典型。

因此，可以说，没有计划经济体制的改革就不会有中国的期货市场。

20世纪80年代中期，中国开始了流通体制和价格体制改革。

1985年1月之前，商品价格由中央计划制定，价格的调整由国家实施。国家垄断制定的价格不是竞争形成的，不能准确反映市场供求状况，而且价格调整也往往是滞后的，不能及时地反映市场供求状况的变化。

1985年1月，中共中央、国务院发出《关于进一步活跃农村经济的十项政策》，对农产品实行合同定购和市场收购。

同年4 月2 日，国家物价局、商业部、轻工业部、电子工业部发出通知，对缝纫机等 5 种产品取消国家统一定价，实行企业定价。

价格引导市场资源配置，市场化的价格体制改革在激励企业经营的同时，也使企业、居民面临着越来越多的价格风险。

1988 年 3 月 25 日，李鹏在七届人大一次会议政府工作报告中指出：“加快商业体制改革，积极发展各类批发贸易市场，探索期货交易。”

此后，中国的期货市场进入新的探索阶段。在这一阶段，国务院发展研究中心价格组首先承担了理论探讨的任务。

此后，国务院发展研究中心价格组与国家体改委联合成立了期货市场研究工作小组，并组织地方力量进行期货市场的试点研究。

当时，河南省政府、四川省经济研究中心、吉林省政府、武汉市体改委和湖北省粮食局都组织了期货市场研究工作小组，进行当地试点方案的研究。

1988 年 8 月，河南期货市场研究人员提出《郑州粮油期货交易所试点实施方案》。

同年底，商业部正式决定在郑州试办粮油期货市场和批发市场。

1989年6月，期货市场研究工作小组就河南省政府《郑州粮油期货批发市场试点方案》进行评审，认为已具备实施条件。

1990年7月27日，国发［1990］46号文件《国务院批转商业部等八部门关于试办郑州粮食批发市场的报告的通知》，国务院同意试办郑州粮食批发市场。

至此，中国期货市场的理论研究告一段落。从此，中国的期货发展进入试点阶段。

在这一阶段，经国务院批准，1990年10月12日，中国第一家从远期现货起步，以期货交易为发展目标的市场，中国郑州粮食批发市场成立。

之后，又有由国家体改委、国研中心、物资部、地方政府等支持成立的深圳有色金属交易所、苏州物资交易所、上海金属交易所等相继成立。

1992年10月，深圳有色金属交易所推出第一个标准化期货合约；1993年3月，苏州物资交易所、上海金属交易所分别推出标准化合约；1993年5月28日，中国郑州粮食批发市场完成由远期合同向期货合约的过渡，并同时启用郑州商品交易所的名称。

接着，受部门和地方利益的驱动，各部门、各地方纷纷成立自己的期货交易所，到1993年12月31日前，经各部门和各级政府批准开展期货交易的商品交易所达到38家。

同年底，各地批准成立的期货经纪公司达300余家，期货兼营机构2000多个。

为规范整顿无法可依和缺乏专门监管机构导致的无序发展现象，国家首先通过颁发政策条例，建立行政规章和确立专门监管机构，引导其健康发展。

1993年11月4日，国务院发出了《国务院关于坚决制止期货市场盲目发展的通知》，“通知”中明确指出：

> 对期货市场试点工作的指导、规划和协调、监管工作由国务院证券委员会负责，具体工作由中国证券监督管理委员会执行。各有关部门要在证券委的统一指导下，与证监会密切配合，共同做好期货市场试点工作。
>
> 未经证券委批准，不得设立期货交易所（中心）。一律暂停审批新的期货交易和经纪机构……

这个“通知”初步确立了期货交易统一的监管机构，扼制了期货市场盲目发展的势头。

1995年7月20日，国务院批转了国务院证券委员会1995年证券期货工作安排意见。

意见中强调：

> 证券、期货市场是全国性的市场，风险大，变化快，必须实行集中统一管理。

就这样，在 1995 年，我国初步建立了期货市场的统一监管体制。

1996 年，我国进一步完善期货交易所管理体制，并进行会员制改造。

1997 年，在东南亚金融危机、国内经济滑坡的背景下，中国证监会开展了“证券期货市场防范风险年”活动。

当年 3 月 7 日，朱镕基在八届全国人大五次会议期间指出，要切实加强对金融风险的防范，1997 年要大力开展“整顿金融秩序、防范金融风险年”活动。

国务院总理李鹏在 3 月举行的八届人大五次会议的政府工作报告中提出：要规范证券、期货市场，增强风险意识。

4 月 23 日，中国证监会发出《关于开展“证券期货市场防范风险年”活动的通知》，把以上活动“作为全年的工作重点，通过加强市场监管，规范市场行为，努力防范和化解市场风险，保持市场稳定，为香港回归和党的‘十五大’召开创造良好的社会环境”。

1998 年，以 8 月 1 日《国务院关于进一步整顿和规范期货市场的通知》发布为标志，中国确定了中国期货市场的新格局，奠定了中国期货市场较完善的监管基本架构。

通过规范整顿，中国的期货市场在以下几个方面取得了成绩。具体表现为一是国家法规日益完善；二是风险控制经验日益丰富；三是投资者日益成熟；四是社会经济环境逐步改善。

2004 年 1 月 31 日，国务院发布了《关于推进资本市场改革开放和稳定发展的若干意见》，即“国九条”。“意见”中明确提出：

> 稳步发展期货市场。在严格控制风险的前提下，逐步推出为大宗商品生产者和消费者提供发现价格和套期保值功能的商品期货品种。

这是在中央的文件中，首次正式提出发展期货市场。

在中央发出这一信号后，阻力重重的新品种上市工作迅速取得进展，在 2004 年上市的品种有棉花、燃料油、玉米，这是自 1998 年确定各交易所上市品种以后近 6 年来，第一次上市期货新品种。

在此之后，2006 年 1 月，又有白糖、豆油两种期货品种上市交易。

2006 年 12 月，化工产品精对苯二甲酸（PTA）在郑州商品交易所上市交易。

可以说，“意见”之后，中国期货市场又正式走上了发展的康庄大道。

具有里程碑意义的是，2006 年 9 月 8 日，经国务院批准，国内以金融期货交易为目标的中国金融期货交易所在上海挂牌成立。

至此，中国期货市场经过艰难的试点过程，在规范整顿中逐步发展，并随着国民经济的发展和市场经济体制的完善日益显示出其存在的合理性和发展的必要性。

21 世纪初，期货市场发展的法治、政策环境已经具备，一个兼具商品和金融的综合性的期货市场已经初现轮廓。

期货市场的兴起，标志着社会主义统一市场得到发育并逐步成熟。因此，伴随着我国期货市场的不断发展，我国的商业体制改革又进入了一个新的阶段。

本书主要参考资料

《商业体制改革文件选编》商业部商管司编 经济科学出版社

《武汉商业体制改革论述》傅鸣皋主编 湖北人民出版社

《商业体制改革的探讨》万典武著 中国商业出版社

《外国商业体制的改革与现状》万典武编 中国商业出版社

《中国商业改革开放30年回顾与展望》王晋卿等编 经济管理出版社

《中国改革全书：1978—1991 商业体制改革卷》马洪 贺名仑主编 大连出版社

《城乡商业体制改革》何克主编 王晓红等著 四川省社会科学院出版社

《中国商业服务业改革开放三十年功勋卓越人物企业组织·人物卷》丛书编委会编 中国商业出版社

《中国商业服务业改革开放三十年功勋卓越人物企业组织·企业卷》丛书编委会编 中国商业出版社